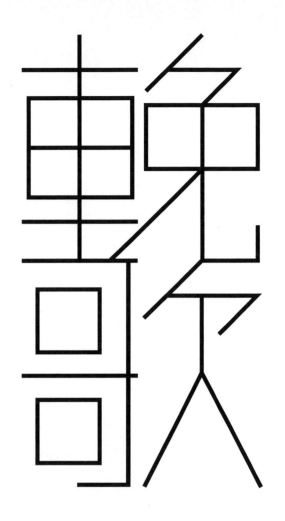

海岸首部療傷長詩

海岸

佇立在生與死的門檻上

——讀海岸的長詩《輓歌》

一切都緣於那道門檻，生與死的門檻。

它陰鬱，猙獰，慘白，以至於無邊無垠，這時帕斯卡（pascal）低沉的聲音在耳畔悄然迴響：「那無限空間的永恆沉默使我畏懼」。

與詩人海岸相識出於一次很偶然的機緣。隨後讀到了他的長詩《輓歌》，瞭解了他不同尋常的生活經歷；同時也讀到了他翻譯的英國二十世紀著名詩人狄蘭・托馬斯（Dylan Thomas）的詩篇。

這是一次奇特的閱讀體驗：我將海岸的詩與狄蘭・托馬斯的詩放在一起，交替閱讀，一種始料未及的互文性從它們的糾結、交纏、絞紐中衍生而出。狄蘭・托馬斯的詩，我十多年前便已在袁可嘉先生主編的《外國現代派作品選》所選的幾首詩的譯文領略了其風采。這次是較為系統地品味。那首氣勢磅礴的「序詩」便讓人體會到了一種久違的驚喜與顫慄。一切從這裏開始：「此刻白晝隨風而逝，／在上帝加速夏日消亡之際，／在噴湧的肉色陽光下，在大海搖撼的屋子裏」……那雄渾的節奏，絢麗奪目的色調，「精騖八極，心游萬仞」的宏闊遼遠，匯成了一曲對自然、生命、愛的頌歌。它收尾的詩句「我的方舟在陽光下歌唱／在上帝加速夏日消亡之際，／滔滔洪水如花盛開」再現了開首的主題，並把它推向一個新的熱烈的高潮，餘音嫋嫋，讓人沉浸在那濃得化不開的氛氳裏，不願離去。

儘管抒寫的主題是大寫的自然、上帝、愛和死亡，但狄蘭‧托馬斯善於通過密集的意象，粗獷狂熱的節奏將許多人們司空見慣的現象表現得驚心動魄：花朵綠色莖管中的奔放熱烈的力量，「催動流水穿透岩石的力／催動我鮮紅的血液；驅使溪流乾涸的力／驅使我的血管凝結」（〈穿過綠色莖管催動花朵的力〉）；對情愛由衷的讚頌，它使人如天神一般驍勇：「我就不畏蘋果，不懼洪流，／更不怕敗血」，「我就不怕絞架，不懼刀斧，／更不怕縱橫交錯的戰火」，「我就不畏愛的侵入，／不懼恥骨區的魔頭，／更不怕直言不諱的墳墓」（〈假如我被愛的撫摸撩得心醉〉）；對情愛、受孕、分娩等一切創造行為的歌吟，有如梵高（V. W. van Gogh）的畫一般金黃璀璨：

> 精液在流竄，血液向內心祝福，
> 四面來風始終如一地刮個不停，
> 在我的耳朵裏閃耀聲音的光芒，
> 在我的眼睛裏閃動光芒的聲音。
> 成倍增加的沙子一片金黃，
> 每粒金沙繁衍生命的夥伴，
> 頌唱的房子呈現綠意。

——〈當初戀從狂熱趨於煩憂〉

我之所以要在這兒不厭其煩地談論狄蘭‧托馬斯的詩歌，是為更好地理解海岸的詩提供一個合適的參照系統。顯而易見，他的不少詩章烙上了狄蘭‧托馬斯影響的痕跡。和狄蘭‧托馬斯一樣，生命、愛情、死亡也是海岸詩歌的核心主題。他也像狄

蘭一樣，在感性的外殼中包蘊著深奧的哲理與玄思。他對愛情發
出讚歌：

唯有活著，愛才能觸及彼岸
唯有你我的存在
第一的日子留存情懷

有一個日子進入我的情詩
唯有你的臉承受波動
唯有你的存在擊退黑暗

唯有你　唯一的愛

——〈流轉的情懷2〉

牽起你的手，牽住我的安慰
你就是我的家
沒有擺設，除了一束鮮花和自己
是的，觸手的你是我最終的愛人
我走近你，毫無理由地走近你

——〈流轉的情懷4〉

和狄蘭‧托馬斯相比，海岸的詩多了一份東方人表達情感時
的委婉細膩，那種深埋於心的虔誠，略帶羞澀的欣喜，如舒伯特
的小夜曲，低徊縈迴，徜徉飄蕩。

這種心境為時不久。不幸的是，詩中「死亡」這個詞竟有一語成讖的魔力。不久，詩人生命本身直面著死神即時的威脅。我們每個人都面臨著死亡的威脅，這並不是什麼意外事件，而是一種最內在的、根植於生命本身無法逃避的宿命。古希臘哲學家伊壁鳩魯（Epicurus）曾以哀婉的聲調說：「人們可以有把握地與各種東西對抗，然而對於死亡，我們統統都像一座被摧毀的城堡中的居民一樣束手無策」。被摧毀的城堡中的居民這一意象將人們在死亡屠刀下的囚徒境遇展示無遺。古羅馬思想家、詩人盧克萊修（Titus Lucretius Carus）發揮了伊壁鳩魯的想法：「這個廣袤的世界上的物質最後都歸於死亡和毀滅」。然而，對於絕大多數人而言，這種普遍化的死刑並不是即將兌現的事實，而只是一種若隱若現的遠景。但對於遭到重病侵襲的海岸來說，它成了一種觸摸得到的冰涼的現實：

> 白色的床沿有白色的圍牆
> 今夜，一片蒼茫
> 有人躺著進來，站著出去
> 豎著來，橫著去
> 風中的太平門時遠時近
>
> ————〈病歷·之一〉

只有經歷了那一刻，你才能真正體會到生與死之間隔得原來是那麼近，命若懸絲。正如詩人自己所說：「人生是一張擺蕩在追求與滿足兩極之間的秋千，是一方點綴遺憾與虛無的時空。

昨天與今天之間，是一張一經使用便宣布失效的單程車票」。（〈倖存的話語・沉默〉）。這種震驚我在閱讀但丁《神曲・地獄》篇時也體會過：那是地獄中一幕至為陰淒的場景，「這樣長的／一隊人，我沒想到／死亡竟毀了這麼多人」。死亡的力量是如此強大，它肆意侵擾著生者的版圖，將一切鮮活、豐潤、燦爛之物化為灰燼，化為寂靜。「疾病是一種死亡的現實／它布置一個任意傷害的世界」（〈疾病是一種死亡的現實〉）。而在〈病歷・之三〉一詩中死亡的力量被渲染到了最高點：

> 抽屜重重地推上，鐵鎖晃蕩著
> 一切就這樣判定
> 高舉的手鬆開嘈雜的抽泣
> 生活正從陽光下逃離
> ……
> 這是一手何等殘忍的戰局
> 濤聲下黑子大片大片地殺死
> 天空揉了揉眼睛
> 就有晚霞扭動痛苦的紋飾
>
> 一切都已完結
> 靈魂摸摸手頭上的日曆
> 一場灰燼便是最終的結局。

太平間是死亡在塵世間隱秘的藏身之地，人們以種種精巧的方法迴避它，抹煞它的存在，但它兀然挺立著，不時伸出幽黑的

爪子，嘶嘶作響，將鮮活的生命一把掐住，無情地拖往黑色的冥府。詩中「鐵鎖」、「殘忍」、「灰燼」等關鍵字語點染出了死亡的無堅不摧的力量。

死亡雖然無可逃避，但為了活下去，生存下去，人們不能讓死亡統治自己的思想，不能永久地匍匐在絞刑架濃重的陰影下，否則虛無主義便會成為這個世界中理所當然的最高主宰。陽光、愛、美，成了人們抵禦死亡的武器，儘管它們並不堅固，有時甚至只是曇花一現的幻影。因此，對愛，對親情的歌吟唱詠成了海岸詩作中的重要組成部分。這是他在與病魔搏鬥時最強有力的支撐，「生命堅守著，為愛，為幸福／我怎敢輕易放棄」（〈假如明天沒有陽光〉），這樸實直率的詩句是他那些年心靈世界的真實寫照。我們讀到了他對小女兒的憐愛，「她睜開一雙朝霞般的眼睛／感性的臉一半是光，一半是水」（〈輪迴〉）。但更為感人的是他與詩中情侶間那種相濡以沫的情意。他要送她九百九十九朵玫瑰，這是浪漫激情的噴發，那是因為「我感謝苦難降臨的歲歲月月／你穿梭在風雪交加的街面，心影相隨」（〈流轉的情懷6〉）。

作為生活在特定時空中的凡人，愛不是生存中的插曲，不是消遣，不是娛樂，也不是一時的心血來潮，而是一種命運，一種有特殊意義的選擇。儘管凡人的愛不可能十全十美，不可能一成不變，不可能永保青春，但它畢竟是生活歷程中最富有震撼性的事件，它使兩顆相隔絕的靈魂相擁相惜，渾然一體，互相關愛。這種融合是如此熨貼，以至於任何分離都是一種折磨和痛苦。在海岸的詩中，我們不只一次地讀到愛侶在分離時心中泛起的

強大的期盼：「我無法坐立，坐在玻璃後面等你回歸／我向前奔，急促地吸氣／手揮舞著指頭，直到天地永恆」（〈流轉的情懷10〉）。

在漫長的歲月中，愛有時會泯滅、衰頹，但也會累積起巨大的力量，噴出炫目的奇觀。下面的詩句表達了處於巔峰狀態的愛，它是愛的絕唱：

我想說只要你存在我就生存
我之所以長著嘴和舌頭
就是為了說你愛你到盡頭

——〈流轉的情懷11〉

讀了這樣的詩句，任何人都會不由自主地感到震動，它會激發起回憶，也會使人感到或多或少的羞慚。畢竟，對於絕大多數人而言，他們並沒有機會體驗到投身到如此灼烈、如此湍急的愛的潮水之中。

然而，愛畢竟難以抗拒一切苦難。在生與死的拉鋸戰中，詩人對此深有體會，發出了深重的感歎：「靈魂飄向何處？故鄉在何方？／愛能否洞穿物質的心？」（〈生死之間〉）。即便是深摯的愛侶並不能提供生存的全部保證，他在對方那兒看到了內心隱秘的懷疑和痛苦：「為什麼你的揮手總是飄忽不定／因為你懷疑過去／為什麼我的眼淚一再流向過去／因為我流失未來」（〈流轉的情懷7〉）。詩人曾對這些問題有過長久的思索：

我想大聲地呼喊，可誰又能聽見我的呼喊？

我想哭，而哭只不過是紅腫的眼睛與苦澀的眼淚。

……而愛又是什麼東西？即使兩情相愉的愛又能維持多久？愛是一種自卑的呈現，是孤苦的雙方為躲避生活的滄桑尋求的片刻慰藉，是垂死的人類為掩飾內心的恐懼謀求排遣陰影的強心針。

——〈倖存的話語·拷問自我〉

　　儘管認識到生存的虛妄，儘管認識到自我在死亡屠刀前的孱弱無力，但詩人並不願就此束手待斃。即便生命在頃刻間終結，也要有尊嚴，有氣度，以微笑面對死亡及人世間的一切苦難，「世俗的風沙移動著她的流向／我別無選擇，唯有堅強」，「我去體會天地間的美妙與輝煌／永不言敗，哪怕末日降臨」（〈時光隧道〉）。這裏，「永不言敗」成了詩人的座右銘，成了一種處世態度，它使他能洞悉一切苦難與災禍，以斯多葛（Stoa）的剛毅面對黑暗，這時他可以說：「我掌握了一切感悟，一切痛苦／帶著獻身的微笑，向著人類的深淵」（〈生活〉）。

　　也正是在這時，詩人獲得了精神上罕有的超越與昇華。現在，塵世間的得失榮辱已不足於羈絆他的手腳，生死之隔已不足以擾亂他的心靈，他「獨自升騰而燦爛輝煌」，從生與死的門檻邁入了常人難以駐足的境界：

我掀開死亡的深淵

提起偉大的青春、海浪和鹽

從黑暗中分離整片光明

我是大地上自焚的火焰

穿透一切又熔化一切

⋯⋯

天空的盡頭，傳來一陣無限的聲音

——明天，明天，明天是你的復活日！

——〈復活〉

　　這是神靈的境界，在頌歌體激越高揚的節奏中，肉體的生命在光明的火堆中焚化，經歷了鳳凰涅槃的歷程，領受到神的恩賜。這是飽嚐了艱辛的詩人所得的報償，像他自己所言，「它是遠不可及的世界，也是近在心靈的啟示，更是欲罷不能的動力」（〈倖存的話語‧詩歌〉）。

　　一切都源於那道門檻，一切都止於那道門檻。

王宏圖

復旦大學中文系教授／著名文學評論家

2004年5月1日 初稿

2011年10月1日 改定

輓歌
——海岸首部療傷長詩

當疾病與死亡隨時遮蔽生命的天空，唯有詩歌化為一座跨越時空的橋樑，無論光明或黑暗、喜悅或悲傷、希望或絕望，成為我消解痛苦、淨化心靈的良藥，成為我回歸生命的源泉，從而激發我內在的勇氣去面對黑暗，並從黑暗中分離光明。

　　　　　　　　　　　　——海岸《倖存手記》

目　錄

序曲

第一滴血流自脈管的深處，淹沒另一種生存
淹沒季節，一切的始發與盡頭
第一聲呼喊反動著誠實的牙齒
而口舌相距甚遠，心更遠
第一顆淚抹去眼眶所有的注視
掩埋壕溝、楚河與人際間的隔閡
第一天穿刺就決定了一切
第一次顱內失衡……

我躺在人類的大床，疾病面對著死亡

地球，天宇間一粒完整的血珠
日子反反覆覆，耗竭它所有的能量
江河大川深刻在臉面
承接雨水、血汗和淚珠
氣象在海陸上空哀悼
現代人喪失土地、目標及僅存的勇氣
哀悼患病的心靈在每一個血細胞裏哭泣

世界！我已嚐夠自己的鮮血
時光便是地獄！

沒有什麼思維沒有存在
手搭上一扇命運的舊門框
回首探望的人流，肘內的針眼疼痛
什麼忙碌的星期，尚未追尋的業績
什麼未成氣候的意象
有一場風雨說要發生便發生
有一件不幸……

活著真可怕，活著
是一種無可形容的痛

伸出流血的意志，去敲打遠方的絕望
超越交易、詞語和深層的祈禱
超越愛與隨意的毀滅
從乾燥的炎症，通過紅色的宮牆
從一個地帶到另一個地帶
從積水遍地的河沿進入驚濤刷洗的石岸
死亡也是一門藝術，就像手邊的一事一景

童年

童年是海邊的小集，水壘的浦
童年是稻香與麥芒交替的夢

疼痛的龍。一壘地表下起伏的沙丘
一個孩子沿著堤岸走去
穿過一片夾竹桃，穿過墳崗
鐵鋤在手。理想在麥浪之上閃爍
紫薇花開在大海的邊緣

成群的大鳥從故鄉的白塔飛過
移向海口，移向漩渦
少年的心掠過水面
在雨中看見一輪星晨
看見生鏽的鐵器、少女和種子
這樣的飛行像一朵升騰的火焰
飛行的火焰是少年洞穿黑暗的眼光

而人間的苦難正建立在他的身上
少年的詩活在危險的四季

大地的草枯萎，水源乾涸

少年的天才短暫

夕陽歸於黃昏

鳥落。一支歌唱的笛子。飛散的麥芒

少年陷入泥濘的小路

風在寒冬中咳嗽

原野深處，青春大片大片地開放

少年帶著太陽的光芒飛翔

天空布滿恐懼

少年的詩追隨黑夜生長

一次次蛻變，少年立於角箭之上

手中掌著一把真理的明燈

照亮人類孤獨的淚、空曠的頭顱

青春的飛翔

那一次青春的飛翔，點燃心中的火焰
那火焰讓世人看清自己的方位
我背著泥土、乾糧和鹽分
承受等級的疏離與冷漠
穿過人性的傷口，塵埃如鼓
遠離那些粗糙的靈魂
遠離家鄉落日時分的孩子，神情呆滯

我穿過烈日鋪蓋的石屋頂
穿過青銅與石像，
穿過人類單薄的想像
在雨季相戀或傷害一位少女
她是一片霧，心化為雨滴
我用鐵器盛起雨水，種在後院的土地
那雨水能否在來年重現靈氣？

我熱愛雨水，喜歡在雨中
穿越天空，沿途撒下幸福的種子
春天的雨，有我明日的幻影
頌唱一面旗幟的美麗

大地的盡頭永遠是湛藍的海洋
永遠是青春
是一片草原及其奔放的馬群
永遠是千年的飢渴
一雙無形的手提著頭顱走遍天下

夏日，我和她斜倚在草地
幾棵青草，三兩處樹苗
終究無法長成夏日的一景
秋天，我更迷戀於愛人曙光般的身體
我的觸覺沐浴著愛的慾望
觸及她渴望的最深處
一條震顫的河，永無盡頭

我的思想沿著愛人的目光行走
猶如在水域漫遊
她的手深入我的骨骼
徹夜的雨水，淹沒我的胸膛
我貼近愛人的心房
傾聽愛的空曠
傾聽無法與大地相離的生命

而一大團酷似黑暗的苦難
正無聲無息地侵入我的身體

此刻，我正接近知識的塔樓
每一層塔座存放著歷史的沉積
一張蒼白的臉撲向令人神往的巨著
底處是飢餓的人群膜拜的殿堂
越往高處，空氣更稀薄
我的渴望更濃
越往塔尖，禁忌更繁多
一段青春祭獻在高高的神壇
我已接近煉獄的深處，苦難更深重

HELLO，90

我未觸及彼岸，卻觸及
一個年代的底部。像觸及根
Hello， 90

我的五官灌滿鹽和語言
血滋養它們的生存，有如詩
滋養人類的虛弱，Hello

沒有什麼，沒有鐵，沒有果核
沒有走時準確的鐘錶
或其粗糙的反面

Hello，從袖口伸出的雙手
推開門的左右，道路深重
從一個年代伸入另一個

穿過雙耳的疼痛穿過腦幹
穿透自身的遺骸
陽光與苦難分割我的身心

鬆開我的手，我的牙齒
讓我留在顱內的天空
留在憤怒的傷口

Hello， 有一面旗幟插在心口
有一粒種子播撒在山谷
風的去處，光陰如梭

十二月的冬天

我終於躺倒在十二月的冬天　大雪紛飛
命運的車輪吞噬了一切慾望與成就
生命罪孽深重
泥土在人類面前死去
一種原始的力，重複死亡
一匹馬奔馳其上

　　「一、二、三，去大山，
　　叫輛紅色的救命車」。

鄰床的病友不見血色，一身黃疸
盲眼直視的雙瞳
彷彿一盞灰暗的燈，掃視海天
天光反射斜耸的腦袋
一串石頭般的腳趾
一個影子從窗口跳向天國
一臉絕望的微笑

我終於躺倒在十二月的冬天　白雪茫茫
顆粒脫離麥稈而去

天才離別頭顱　沒有回聲
生存是人類無法收穫的果園
一片寂靜
一隻飛翔的鳥正馱起黑暗

　　「一、二、三，快上路，
　　接客的渡船要搖櫓」。

船殼收容軀殼和鄰床最後的謔語
在季節的誕生或消逝中
只有我低聲歌唱
只有一位流浪的詩人
揪住自己的毛髮，跋涉在江河之上
只有我的歌誦唱一個世代的腐敗與更新
我終於躺倒在十二月的冬天　雪落成河

疾病是一種死亡的現實

只有一顆心，只有虛構的時光
不幸，猶如小麥染黑在田野
掌紋長滿風與花草
憂鬱剩下一張表情
疾苦的麥芒刺破遼闊的天空
三種痛的表白洞穿現象的門窗

疾病是一種死亡的現實
生活漫流一方海水
一次思維的突破
如同浪花被曝曬在汪洋
我憤怒的詛咒越過爆炸的極限
割下手指餵養自己
也只能是一種遺憾的殘疾

只有一顆心，只有現實的時光
生存，像野果堅挺在枝頭
憂愁落下普濟的細雨
生命返回臺階

猶如夏日的炎熱未曾減弱
嚮往未見絲毫的減退

疾病是一種死亡的現實
它布置了一個任意傷害的世界

閃現的臉面

幾面鏡子閃現我的臉面
幾道影子閃現思想的碎片
歲月將空虛囤積
記憶，敞開空蕩蕩的大門

我踏著白晝，踏著破損的時間
沿著季節行走
我的牙齦開始出血
嘴角散發出被食糖毒害的甜蜜
我僅留下一個軀殼
機器維繫著生命
我的視線渡不過時間錯雜的隘口

瞬間閃現的臉面只有一個名字
所有的單詞只有一種字母
所有的記憶只是一種記憶
所有的未來只是一種未來

生命永遠是另一種生存，永遠在天際
我活在身外，活在你我之外

黑夜漫無邊際
我流失了空間、方位與聽覺
喉嚨不停地咳嗽
我究竟是誰？
我的一切行為告別內在的意志

閃現的臉面，承受原罪的懲罰
抑或償還一段情感的錯亂
一個家庭、一個家族的罪孽
或是一個民族沉積的汙穢

輪迴

風在心中猛撲，捶她的胸
悲哀像個瘋女人，找不到哭泣的峽口
在床前撫弄巨大的傷口
天色灰暗
大門外延伸一片冰冷的土地
暴風雪向屋頂圍攻
不由自主的傷悲與憂愁
向著世代相襲的家族圍獵

婦人們，唯恐點上燈失卻祈盼的心情
唯恐靈符在燈下一覽無餘
唯恐明白無誤地觸及苦難
一陣風吹來
從海口、從世代相傳的血液裏
再次帶來悲哀的消息

誰最終脫離苦難？
誰最終饒恕病榻上的孩子？

而我的女兒正穿過子宮的黑暗向我奔來
她睜開一雙朝霞般的眼睛
感性的臉一半是光，一半是水
在我幻滅的近端與遠處
在我生命的最後一輪餘暉中
迎風而來
在天空即將合起門窗的瞬間
完成我永生的輪迴

世代相襲的族人們，世代粗糙的靈魂
一個家族的墓園永遠
為死亡而立
生命面對的永遠是死亡
光明的另一面永遠是無邊的黑暗

讓我承接你們所有的苦難
把我埋葬在家鄉的土地，連同可愛的莊稼
留存或滋養世代相失的精血
讓我的靈魂在雪夜中徒步
擇木而居，抑或奔湧
抑或深入無限
在生靈洞開的瞬間
擇日重組生命的光明與黑暗

生死之間

跨越海洋的岸跨不過最後的結局
湮滅的魚翅沉落
生和死伸出手，海天依然遼闊
文昌魚游到紀年的盡頭
遠方有樹挺立，愛掛滿枝頭

此刻擊潰太陽，無法溫暖思想的軀殼
生的五指猶如一把鐵錨
泊在心口，錨住最後的光明
一艘漂浮在人世的船
遠得無法再近，近得無法再遠

靈魂飄往何處？故鄉在何方？
愛能否燃到物質的反面？

岸邊的陽光照亮人類的生長
照亮紫薇花盛開的童年
歲月平整地鋪展，沒有波浪
彼岸是幸福各異的擁抱
不滅的燈塔守護著夜晚的航道

拒絕創造一種風格的生或死
抑或半生半死
大潮送來魚王的聲音
讓靈魂脫下軀殼，告別岸的誘惑
注定孤獨的孤獨、苦難的苦難

靈魂飄向何處？故鄉在何方？
愛能否洞穿物質的心？

現狀

我離開水以及它的故鄉
乾巴巴地曬成一條透亮的魚架

我把自己扔在世上
彷彿是一株等待移植的枝椏

我未能完成寫作，就像
無法完成我的生命，歲歲月月

我是降臨到紙上的上帝
是每一個家庭發芽的米粒

我是不滅的風，復活鳥的翅膀
是原汁，漲開麥稈之上舞動的顆粒

我也是進入思想內核的汗珠
是想像回歸到火變得尖銳的地方

病歷

之一

今夜，我領到病危通知書
今夜的通知書上簽著你的憂愁

躺在生命的盡頭，臘梅怒放
號衣遮不住最後的歎息
今夜，我領到病危通知書
今夜的通知書上簽著你的憂愁

白色的床沿有白色的圍牆
今夜，一片蒼茫
有人躺著進來，站著出去
豎著來，橫著去
風中的太平門時遠時近

我把理想還給理想
讓自由的自由　手為手
今夜的愛只屬於自己
太陽仍然日升日落

今夜，我領到病危通知書　大雪紛飛
今夜的通知書上簽著你的憂愁

之二

夜色靜臥一方淨土
月之群落投下亮光
沒有騷動，沒有話語
靈魂徘徊在生命的邊岸
山脈仍然隆起，主峰醒目
心落在白茫茫的水中
濺起幾分喘息，原始無比

休戰的鈴聲不知搖響了幾遍
痛楚的鈕扣全已脫落
哀嚎，在夢中蒸發無遺
就此棲息在這白色的空地
明日的天氣又將咳嗽不已

靈魂不時去尋找一個房間
捲刃的腳步磨爛石級
注定關在門外的別再敲打

鎖孔鏽跡斑斑
美麗的視野早已崩潰
喉結一動一動，異常淒厲

之三

抽屜重重地推上，鐵鎖晃蕩著
一切就這樣判定
高舉的手鬆開嘈雜的抽泣
生活正從陽光下逃離

別了光明，別了風雨
彈簧門總是不知疲憊
白堊色的院牆烙滿風的狂想

再也不會激動不會張望
花園已經全然開放
颱風越過了起伏的地平線
腳印永遠浮不起來
更不用說回聲
語言再也爬不上孤獨的額角

這是一手何等殘忍的戰局
濤聲下黑子大片大片地死去
天空揉了揉眼睛
就有晚霞扭動痛苦的紋飾

一切都已完結
靈魂摸摸手頭上的日曆
一場灰燼便是最終的結局

之四

觸摸重重的日子，手心遠去
波及的恐慌
波及血液，波及半夜的辭別

無數雙手伸過來
掀去你頭上的尊嚴
說是為了死去的聲音
為朋友也為敵人
為所有熟悉或陌生的

抽出忠誠的腰刀
伸向天空的深處
割出一張張嘴呼喊
一雙雙眼是憤怒的彈孔
淚是凝結的火焰

無論清醒還是昏睡
惡夢在一旁掠過
在早晨在夜晚
在言語的字裏行間
在文明的每一聲喘息裏

恐慌波及路，波及樹
波及漫向心路的漫長歷程

之五

糊上一盞燈，亮在心中
紙罩起光明的跳動
分離白晝以及墜落的黑暗
何謂肉體

此刻，魂魄走上歸途
無數次遠離之後
此刻的魂，像瞎子需要接送

無風安慰的天氣
手指伸入荒野
打開透光的肉體
設祭納魂

糊上一盞燈，亮在心中
季節的門，家的門
每時每刻地渴望
魂，土地的心在搏動

黃昏的儀式持續已久
風雨輪迴

之六

今天，我被推向手術室　萬物肅穆
今天的我被推上手術臺

走廊的盡頭，我赤條條地去
黑暗中握不住一絲傷悲
今天，我被推上手術臺
那是一方血水浸泡的聖地

兩岸有肢解的、縫合的
手術臺。白布單
躺著是我唯一的抒情
伸展四肢是我唯一的抒情

手術刀劃過麻醉的黃昏
於是就有了聲音，血液的聲音
我把昨日還給昨日
讓死去的死去
生長的仍然生長

今天，我被推向手術室
今天的我被推上手術臺　兩手空空

之七

我與上帝握了一下手

他的手碩大無比，無所不能

我他媽的握過上帝的手

他的手蒼白，透著死氣

我曾嚮往上帝的手

一雙太陽般的溫暖

我想要是能握一下上帝的手

哪怕輕輕的一下

我無法不握上帝的手

他的手無處不在

我無法握緊上帝的手

他的手來去無蹤

我又怎敢握住上帝的手

有時卻想永遠握住他的手

就此了卻塵世無奈愁

我似乎與上帝握了一下手

我真的握了上帝的手？

我最終握住上帝的手

他的手擊中我的神經和汗孔

我與上帝握了手。沒有握手。握手

之八

捐出一顆心，捐出
你的高貴、仁慈與美麗
獻出一份愛心，消除病痛
茫茫人海，生命如此的熟悉

心與心緊緊相隨
另一種親情凝固同一片星空
心形的火焰刺破夜色
幸福廣場無限遼闊

搏動的一顆心，兩顆心⋯⋯
從西方傳向東方
從海洋回湧江河與大地
心火不滅，生命永不停息！

流轉的情懷

1

我愛所有的一切，表象與內心
儘管結局無比的滄桑
季風東奔西竄
眉目留下四季的流痕
黑暗躲在大洋彼岸，竊竊私語
思念一如既往，行動
展開羽翼的雙翅
誰的內心天使般飄蕩

我愛一切的所有，快樂與傷痛
儘管恩怨難解難分
風雨歲歲飄搖
血液深入不到理想的終點
陰暗侵蝕太陽的反面
感動一往情深，心智
樹起一座豐碑
誰的自我時光般執著

我愛生存的幸福，平和與無奈
縱覽你的善良與尖刻
我愛沉落的悲哀，美好與罪過
縱情你的順從與反叛
我愛日月的孤寂，光明與黑暗
縱容你的任性與不羈
我愛天地的遼闊，坦蕩與坎坷
縱然你的愛恨與情仇

2

有一個日子進入我的情詩
它是第一的情懷　第一的記憶
只有第一　只有你

如此的日子，我卻夢見死亡
感覺心與四肢消散
遺留的一切寄存你的心底

有一個日子進入我的情詩
海水漫過江堤
陸土喪失，只有你動情的眼睛

唯有活著，愛才能觸及彼岸
唯有你我的存在
第一的日子留存情懷

有一個日子進入我的情詩
唯有你的臉承接波動
唯有你的存在擊退黑暗

唯有你　唯一的愛

3

紅房子的燈火亮在城市的中心
紅房子的秀色牽動我內心的情懷

冬日的一抹餘暉裏
你我端坐窗櫺下
首次的約會有一點刻意的溫馨
最初的牽手有一份自然的浪漫
華燈初放的瞬間
你動情的面容擊中我內心的衝動

淡忘餐食的欠缺或豐盛
共飲一盆濃濃的情人湯
你的微笑略帶蒙娜麗莎的風采
你的眼神更添幾分秀色的沉醉
華燈初放的瞬間
我預感這一生的情緣就此萌發

紅房子的燈火讓我徹底感動
那一刻的燈火成就我一輩子的幸福

4

站在牆壁內岸，等待你的開放
手握住春天不停地顫動
大街上夏的季節再次光臨
此刻，沒有影子沒有風
幕布還未拉離

我嚮往逃亡嚮往上場嚮往你

據說或想像，你
是扇形的方位，自由伸展在視域
是今天的氣候，一片晴空

是飄飄灑灑的遠方。也許
就是那岸邊的海

牽起你的手，牽住我的安慰
你就是我的家
沒有擺設，除了一束鮮花和自己
是的，觸手的你是我最終的愛人

我走近你，毫無理由地走近你

風起了，幕布開始晃動
像是我的手腳
模仿一串樂音的起伏
我伸出微笑，凝視反光的玻璃
有了懷念有了端詳

寂寞是美麗的傷疤，摸著它
毛髮一陣陣瘋長，大門外
流放無數座黃昏的偶像
今天，也就是今晚
不再是偶像，亦不再是設想
你的視線是我的熱線電話

我最終走上舞臺，走入另一個輝煌的自己

5

你立在左舷的船首，摸索著記憶
摸索著手勢與姿態
你的眼角高過水位，視線
翻越防波堤以及上空飛舞的鷗尾

城市在河畔高束著腰帶，髮際飄揚
太陽誇張地照著圍襲的欄杆
無限臥於言語之上
昏眩的空氣淹沒大片的荒地

穿越草香壘壘的道路
大海走進你的心田
你的眼角高過水位，視線
遠過故鄉鐘聲疊現的尖塔

你把前額貼在船首，背對著悲傷
風在四周欣賞你的明亮
苦難的船載著桅杆與帆翼
維繫潮濕的血液，靠近世界

夜色降臨。體內一片漆黑
鐘錶的眼睛堅持自己的責任
你的眼角高過水位，視線
深入子夜的麥稈與內在的黑暗

6

掀開語言的蓋子，沉鬱的話語說出來
送你九百九十九朵玫瑰
九百九十九朵玫瑰長在中國南方的土地

我懷念某日某夜的那一刻
你伸出手拉住我的心，手心潔白
我感謝苦難降臨的歲歲月月
你穿梭在風雪交加的街面，心影相隨

我不知此刻的你離我是遠還是近
也無意今生注定有緣還是無意
讓你望穿我一往情深的眼睛
讓你找回失落已久的笑臉

掀開語言的蓋子，沉鬱的話語說出來
送你九百九十九朵玫瑰

九百九十九朵玫瑰長在中國南方的土地
尋找一個地方向你大聲地訴說
沒有病痛沒有陰影
遠離塵世的喧囂與慾念
只有青藤纏滿小屋纏住你和我

我想留住遺落的時光
讓它永遠留駐在你我的身旁
這一生為情所困，為愛所憂
只為患難之交真情難泯

掀開語言的蓋子，沉鬱的話語說出來
送你九百九十九朵玫瑰
九百九十九朵玫瑰長在中國南方的土地

7

第二滴血穿自頸管的深處，淹沒另一種生存
一條無形的蛇在體內遊動
二分之一的苦與痛
隨著針尖推向無奈與驚恐
一步一步　一年又一年

你的揮手是一種致意的感動
滋潤我對你最深切的思念
海上升明月，潮起汐落
你的愛牽動我生命的奇蹟
遙遠只是闡述某段距離的風景

你的揮手是一種苦戀的獨白
至深的痛莫過於彼此間的忘卻
你在這邊　我在那邊
打破沉默，看清自身的哀與愁
讓至情至義的愛在心靈間傳誦

你的揮手是一種愛的告別
面對面，心火點燃眉梢
燃盡所有的依戀
只要你感到幸福和自由
哪怕我從此孤獨

為什麼你的揮手總是飄忽不定
因為你懷疑過去
為什麼我的淚水一再流向過去
因為我流失未來

8

今晚，你要走向何方？我的愛人
高傲的心漠視現實的結局
遙遠的天空內幕一樣的黑暗
火紅的太陽背轉了身
你背轉了流淚的面孔
綠色的枝條像枯萎的手腳垂落
曾經擁有卻不知珍惜
失去或即將失去
才知珍貴得令人心碎
留不住昨日的兩情相悅
驅不走今日病魔的步步緊逼
你的溫柔只能擦肩而去

手上的血無情地流出體外
流過漫漫懸空的歲月
流失之餘的回歸那麼的沉重
今晚，你要走向何方？我的愛人
你是我生命的血生命的火
是我精神健全的希望
你的離去折斷我生存的翅膀
你的流失擊潰我岸上所有的生靈

想想昨夜傾訴的話語
讀著兩人健康時的美麗
破損的心跳動起絕望的信心
今晚，你要走向何方？我的愛人

9

僅存一張紙圍攏殘忍的幸福
天空觸手可及
稀薄的空氣令人窒息
歲月又捱到雙十的紀念日

今晚的臉面不再完美
寒風穿透這襤褸的尊嚴
十年握緊的一隻拳頭
抗擊門裏門外的風霜雨雪

錯誤的火中，一切將晚
心獨自在鎖孔哀嚎
醜惡洞穿了心扉
錫的品質最易從內部消融

僅存一張紙圍攏幸福的傷口
穿越惡夢的心境無奈

一切該來的總會來
一枝憂傷的菊花搖曳在枝頭

10

摸著爐火，摸著心中的一片熱烈
我在等待你的回歸，等待
你的溫柔漫過一條乾涸的河床
你的嘴唇迴盪急促的話語
戶外有天地遼闊
時間藏在對岸的叢林
濯洗冰冷的石塊
你的遠去是刺骨的天氣
滲透空空的四壁
我坐在沉重的位置
心中的爐火漸漸燃起
手的一頭拉住過去
另一頭伸向你，如同一股流水
你被激動，你的呼喊在空中生長
我躍過道道欄杆向你靠近

你在遠方仰起頭，看了看天
我感覺你的眼睛長出透明的翅膀

你舉起手
愉快地驅趕身旁的距離
我的爐火正濃
奔跑的節奏震撼窗外的大海
我無法坐立，坐在玻璃後等你回歸
我向前奔，急促地吸氣
手揮舞著指頭，直到天地永恆

11

有一句話出自你的口
有一句話你早已忘卻或許不再說出口
有一句話讓我感動好多年或許更久

那是一個風雪飄舞的歲末
病危書一再從你的手中滑落
你的目光越過了我的未來與過去

你看見我沉睡的雙眼不再美麗
你看見熱血從我的脈管深處流逝
你看見手術臺上的我雙唇緊閉

我受損的眼睛透不過模糊的視線

波動的血壓波動我多變的心情
我的猜測卻試圖進入你情感的深處

我看見你挺著身孕走在午夜的風雪中
我看見孤單的你蜷縮在黑暗的小屋
我看見你分娩時握不到我的手大聲地呼喚

我終於看見自我，看清現實的物象
看清你的善良，看清那句話的力量
我不會死去，死亡不是一件容易的事

我想說只要你存在我就存在
我之所以長著嘴和舌頭
就是為了說你愛你到盡頭

有一句話藏在你心中究竟有多久
有一句話讓我心迷神醉，徹夜難眠
有一句話說出口，便知切入愛的真諦

12

有一個日子無法逃離我的情懷
最後的相思　最終的渴望
只有你　只有我

活著的日子裏　生命虛無
寬容垂落雙手
只為你一次生動的目光
我還能感奮陽光下的美好

有一個日子正在逃離我的情懷
情殤的道路漫長
無奈的世界危機四伏
失去一顆心　失去生存的活力
意志陷入絕境　行將死去

唯有死去　愛才能觸及彼岸
唯有我的消逝
最後的日子留存情懷
受困的心靈放飛自由的夢想

有一個日子無法逃離我的情懷
唯有你　唯一的愛
唯有你和我　耗盡最後的情和義

殤

1

我一手鬆開你，鬆開喧囂的塵世
一手觸及死，觸及生
自然的法門在風中輪動
一種孤傲飛翔在鳥瞰的天空
俯看一方冷漠的存在
遠離陰影，遠離純粹的渴望

我一手鬆開你，鬆開脆弱的精神
一手觸及歡樂，觸及痛楚
風暴獨自在莽原中穿行
孤寂的手擦去孤單的淚
遮擋的臉面辨不清內心的真實
無法傾訴，無法俘獲昨日的美好

我一手鬆開你，鬆開愛的進程
一手觸及慾望，觸及心
誰的目光開放一樹的杏花
二月的落英覆蓋消瘦的時光

無從證實的微笑
掩飾秘密，掩飾一季的謊言

我一手鬆開你，鬆開追求的理想
一手觸及高尚，觸及卑俗
昨夜無眠，心遙遙無期
抽出一把刀插入茫茫的長夜
瞬間打開的刀鋒
照亮身子裏面全部的黑暗

我一手鬆開你，鬆開心中的世界
一手觸及完美，觸及遺憾
終究難以打造生命的避風港
一座精神的避難所解脫於風塵
等待不時受挫的心靈
回歸寧靜，回歸一種安逸

2

語言在虛妄中脫落。反叛的流水
湧向綿綿不絕的道路
幸福日子隨風而逝
一絲蒼茫從容，悲壯又無度
玫瑰叢中閃現一張感人的面孔

美麗騎在身上，遠征前程
周遭是無邊無際的黑影
千年的冰層囚居最後的一絲溫馨

流洩的光散發出單面的芬芳
誰在謀劃陽光下的罪惡
紅紅的玫瑰絕非現實的色彩
憤怒越過冷漠，越過疑惑的山谷

久已失禁的慾念，回聲不絕
一次次驚醒昏睡的天空
呼喚悠揚在夢的邊緣
遺落的諾言鋪就有限的天地

昨日的鋒芒失竊飛翔的翅膀
心靈留存一片沃土
誰家的駿馬跑過不歸的聖地
誰的手帶著邪念伸向單薄的信念

3

太陽的光芒是萬千夢幻的想像
快樂迅如閃電，心意似鼓
軀殼馱著魂，邁過荒涼的時光

閱讀現狀，閱讀記憶中的遙遠
古歌的旋律樸素如風
藍天仍然遼闊
瞬間的領悟解讀一生的疑惑

誰能證實悲哀，證實生存的理由
我的渴望攪動心海的波濤
冷風飛竄過來，濕潤流失的家園
幾行淚水訴說無望的未來

意念無比空曠，雄心縱馬疾馳
今生的浮塵飄灑垂落的陽光
堅硬的風席捲無形的跳躍

最後的結局敞開現實的大門
嚴寒凍結流動的血液
衝動的餘波，一浪又一浪
越過夢境，越過沙漠般的身軀

彷彿是一場痛飲，思想澆灌家園
永不言敗的信念一路開放
我的指尖伸向麥芒，伸向成熟
一種沉落的精神，翻越生命的廳堂

4

誰正悄然遠去，像一隻鳥的放飛
誰的羽葉從空中片片飄落
一雙懸而未決的手
摧毀家園，脆弱一瀉千里
一陣陣傷痛，波及鋒利的切口

繾綣於行人如織的街頭
無常一如塵埃的飄蕩
思念，一場肆虐的風暴
吞沒紛紛揚揚的星光
每一次生動的目光
讓我收穫陽光下所有的美好

誰正猛然遠去，像一闋流水的放縱
誰的骨子裏透洩野性的光芒
揮手僵硬，聲音遠不可及
那天的夕陽遲遲不落
夜半的夢境深入未知的歲月
逃離的日子沒有歸期
每一段路程，每一個花季

窒息由遠而近
孤寂的靈魂荒涼無度
誰在逃離目光炯炯的追尋
誰又能逃離內心無盡的煎熬

5

又是夜晚，無可逃離的孤寂
濃重的黑色擠壓著恐慌
我的目光投向你，投向遠方
為了看清悲哀的實質
打開燈，打開所有的明亮

夜色像一聲隨口說出的問候
一次溫柔令人心跳
無從表白的言語，礁石般冷峻
憂傷堅持最後的冷漠
我的心音破碎如濤

守住黑夜，守住孤燈如豆
我把手伸進孤獨的內部
黑暗沿著指紋侵入身體的角落
聲音和手勢，病痛和劫難

世界有了黑夜才會如此的荒謬

又是夜晚，無可逃離的孤寂
伏案的姿勢荒涼
心中的血浸染西窗的玫瑰
空虛無限豐滿
風穿過物質，抵達月光的故里

漫漫的長夜，寧靜又無奈
心泉鼓動如潮
我無力撫弄流血的傷口
守望未來，守望傳說中的嚮往
活著喝退夜色，透明又純粹

6

遠在視線之外的秘密，內心真實
一次次感染心靈
在子夜的時刻準點爆發
無從修正的生長之路
無從更改的厄運，危機四起
一條扭曲的脈衝深入程式的初始

閉上眼睛，默視一個簡單的事實
生活的背後潛伏著心事
淪喪的心境，虛偽的現實
離棄深諳人間的艱辛
波動的表情呈現殘缺的歷史

遠離慾念，遠離一個嚮往
墜落的靈魂躺在質疑的風情中
驕傲與卑微，厚重與輕浮
謀略發黃已久的囑託
全部的信賴付之於最後的行動

秘密遠在視線之外，心事重重
不安的期盼是一扇日久失修的大門
孤獨相擁淡泊，落木蕭蕭
暴風翻越的時節
感奮，有如蒼勁的古樹
熱烈的陽光穿越歲月的紋理

7

步入慾望的深處，影響無動於衷
事端的發展難以阻擋
一種罪孽透過宗教的本質
心唯有緊貼大地
才能聆聽遠方真切的感動

水域遼闊，如同我的夢境
隱匿的水謊言一樣氾濫
勸說只是一次言語努力的方向
勞作的手拂過糧食的內心
拂過平淡如水的生存

更古老的時刻呈現透明的景象
無限，鋪開一方寧靜
寬容的兩側，飛過翅膀的夢想
飛越沉落的深淵
復活感情駐地一種垂危的心境

我想打開意識所有的門窗
穿越土地，穿越死亡的象徵
所有的花朵終究無法準點開放

惡意深埋於陶罐

一條水路傾注了航道所有的理想

8

已知無法解釋所以發生的一切

砌起的牆隔開久遠的影像

思念流動開來

我的心情濕潤所有的期待

熱淚無從表達遠方的山山水水

未曾壓制自身的虛構與真相

嘴的姿勢變換流水的溫柔

瓢潑而下，淋濕顱骨下的思想

我的苦難承接毀滅的意象

人類的目光滲入年輪的迴響

一滴水餵養一次恩惠的過程

水勢無度，思緒彌漫開來

無言的感激沉澱在心中

我放開所有的幸福與苦難

深入事物的根源，深入自我

沉甸甸的心思翻轉茫然的水波
肩靠近淚花，靠近汗珠
重重往事歷歷在目
我無法創造整個事件的始末
江水氾濫如流，大地一片蒼茫

坐在夜晚的深處，鐘擺無聲
理解難以進入相融的結局
情感沉落於邊緣
我放任一往情深的固執與幻想
靈魂，完成一次拯救的形象

9

整整一個季節陷入遙遙的相望
永遠或者暫時
一段乍暖還寒的時節
即將飄零的家園
在冷風中堅持最後的溫暖

早春的詩歌落不到嚮往的心田
信鴿飛離美麗的庭院
一生的追求遠離期望的視域

絕望的苦痛，腐朽的諾言
努力的姿勢是太陽升起的方向

整整一個季節陷入遙遙的相望
無法走出的目光
傾訴所有的溫暖與荒涼
自我撕成一塊塊補丁
縫合撕裂的傷口
供奉的情感熬成明亮的燭光

這個早春之夜比白天漫長
我從無望中找尋平和的物象
所有的渴望落在善良之上
真誠點燃心火
等待一次回眸盡情地開放

整整一個季節陷入遙遙的相望
沉沒是荒島唯一的歸宿
置身於心的彼岸，庭院深重
橫渡的足跡，沾帶前世的浮塵
天際既無歸帆，又無倦鳥
一味的空茫，拍打寬敞的瞭望

10

有一次事件終究要在現場發生
日子選在季節的深處
血光四濺，深刻又美麗

月光落在顫動的傷口
無法消散的疼痛，聲聲如夢
誰能徹底解決遭殃的緣由

有一次事件難免會在現場發生
一生的殘缺與豐盈
遠隔千山萬水，遠隔風塵

抵達的恐懼一次次浮出水面
無處消逝的黑暗，沉重又深邃
誰又在侵吞一個純潔的心靈

有一次事件肯定要在現場發生
思維遠離行徑，心憔悴
瘋狂的極致痛及骨髓的深處

復仇的火焰抵達光明的中心
死亡敞開寬敞的入口
圍剿困苦的神秘，一身輝煌

有一次事件隨時在現場發生
一樣的道貌岸然，一樣的災難
事實的真相至死不祥

11

你我的存在輝煌一次以往的經歷
簡單的生活溢光流彩
水色的濕潤，讓行為花一樣盛開
而一雙黑暗之手
傾斜白晝精緻的姿態
漫長的爭執變幻無休的苦惱

無法完善的信仰離別僅存的意志
幾絲寒意侵入內在的喜悅
冷卻以往燃情的歲月
僅存一脈相承的經驗與智慧
普渡眾生，普渡苦難
土地滋養面目全非的景象

面對自由的風度，面對水源
忠誠默默無言
生長與死亡，文字與圖像
遭受冷落的話題更改純潔的表象
創傷切入虛度的日子
驚擾夜色下不斷更新的細節

往事失去再次投射的力量
影子移交一種非同尋常的序列
進入思想內核
季節的內心溫暖如春
我已熟悉你過分的目的
品味疲憊，品味內在的黑暗

12

重回靈魂的歸處，肯定而又尖銳
人類的生存無聲無息
唯一的安慰只有仰望天空
仰望奇異的想像
內心一往無前地湧動

翻動經驗，翻閱存在的意義
無聲判定一次智性的思索
手陷入情慾的氛圍，陷入失語
飛翔拍打天空藍色的幕布
一片海洋自由地擴張

重回靈魂的內心，簡單而又彈性
抽象，無以再現的構想
表達更無限的偉大
心靠上岸，靠上一次停泊
黑暗的內部仍然是黑色的景象

美麗的漂浮是心中難忘的夢想
無須再次壓低勇氣
記憶中的雜草破土而出
聚攏紛繁的虛實
衣袖盛開一次行動的水花

災難的現場引發結局的轟響
死去抑或生存
果實的景致難以言表
海鹽透明又純淨
天涯移動虛無的歲月，彼岸明亮

囈語

之一

血脈被強行分離　流向仍然鎮靜
心中的血走到屈從的結局
處於無從替代的位置
脈管散落在兩岸
忙亂主持了生命的會場

血液滑入另一種可能的天空
擊碎的秩序　難以捉摸的智慧
在肌腱與骨骼間流傳
我將不動聲色地走下去
屈伸的手腕　預防危險的發生

血脈完整的時候和河水一樣沉靜
絕不會晃出血液　晃出恐懼
它的深處潛伏一種強大的力量
哪怕改道洩露它的秘密
古老的生命生生不息

我的血脈久已湧動起黑鳥的喘息
河水只不過是一種解渴的經驗
流動的聲響　流動的畫面
我驚動了宗族的災難
看歷史的血脈呈現內在的演變

晚歸的鳥　驚醒行人的夢
為了避免洪峰的浩劫
避免雨季淹沒江岸
血脈接受改道　思維接受偏激
江河接受無序的流向

之二

炎熱渡水之後　日子失去投遞的地址
災難發生　同宗的時刻點燃風雨
無憂落在天路的盡頭
最後一個滑翔的字母荒涼無度

文字早在口腔裏生成　風箏飛上天空
塵埃尾隨午後的風爬上高位
它在傾訴遭人冷落的處境
傾訴夢醒時分的千言萬語

收穫的季節是在漫長的酷暑之餘
田野的石頭　一片虔誠
伸向日子的願望成熟
午後夾雜天氣　泅過美好的渡口

一手流利的樂音沿著數字躍動
滿懷黑暗的鐘敲響了平凡
黑麥夾帶著花紋開放
深沉的事物陷入文字的背簍

午後的爭鳴激發了更多的火焰
心中的燈照亮了歲月　黑夜更久長
飛翔的花籽漫天而降
自由的翅膀帶來兩片清涼的天空

之三

看見的飛翔是一種難以言表的秩序
季節尖銳著它們的影子
拋開結論　活力隨時生存下來

群鳥的位置在於手心的批評
疲倦落在千里之外
雙目的手指摸過黑暗中的流水
很早就有傳說　退路一條條
翅膀的飄舞歷經了顱骨所有的形式

在言語中藏起冰涼的疏忽
飛翔是一種沉靜而又智性的行為
看見羽翼　看見燕尾劃過的天空
單面的皮膚　流出甜甜的品味

現在明白了飛翔　在翅膀的下方
行動一些自由的目標
寬容的手放過內心的誠實　放過知覺

而在花的對面　一枝嬌豔悄然無息
飄過的背景深刻在肩頭
往事與理想飛來飛去
絕對的真理　軟弱在現實的欄圈裏

飛翔的姿勢潤濕水源的流逝
盛開在內部一意孤行　完善了輝煌
遙遠孤獨了高高低低的村落

日子擠在季節的過程中
忘卻的時光　純潔一切可愛的距離

之四

物象早已進入這樣純粹的場合
思維是生活的行徑
我無法創造這種年月　像秘密的槍聲
依然震盪一些並不陌生的事件

曾經的天空與大地
清晰而具體地刻劃慣用的門窗與牆壁
多面的陽光穿過鮮明的圖案
派遣單面生長的理由

河流仍然呈現簡單的流向　水色無度
原始的面積無力侵入充實的結局
內在的秘密寂靜
遭人破壞的碎片在兩岸流來流去
智慧散落在人間　在指間流傳

完整的證據　像舊時的歲月
漏不出一滴水　晃不出一分力

在深處清洗真理的眼睛
望穿物象經歷的苦難
流水不過是一種清脆的聲音
我的存在隱沒了一片燦爛的陽光

之五

一切流於風乾的實體
流於生活的舞臺
鐮刀攪動實踐的力
漫過種子耐磨的軸心
流淌的血液平衡古色的自然
飛鳥一再攪動險象環生的臆念

聲音湊近嘈雜的街區
動的概念步入瘋狂的時刻
敘述無法拓展一種象徵的限度
初始的火　呼吸世界永恆的故事

立在樹上的愛　長出飛翔的心骨
曠野駐紮著城池
千年的口舌　落下斜飛的雨花

舌頭舔著堅實的語言
誘惑流雲般的果子呈現清醒的微笑

一切實體鋒利著角度
美好只是一種外表寧靜的島嶼
賢哲的眼睛看見隱居的死亡
空氣透出一路濃密的光明

燒荒的熱烈　影響冷冷的牆基
領地結成一片果子
成簇生長的土丘創造悲傷的波動
一枝赤裸裸的箭　飛越思想的界線
創造神聖而執著的墜落

之六

氣候伸出嚴厲的手　毀滅了春天
歲月調節一身的汗孔
三根操演簽名落款的手指
扼殺了生機　扼殺一座完整的城市

夏季來自熱烈的天氣
五隻綠鳥飛往雨季的界區

一枝派克筆伸向略微傾斜的翅膀
完成一次優雅的對話　完成了謀殺

葬禮安排在秋日的早晨
陽光分辨出蝗蟲們的類別　熱病遍野
藍色的手勢　束縛一切生長的骨骼
二派對立的淪喪只能是一種結局

簽發命令的手簽定冬天的協定
時光掩埋思想的傷口
殘酷是那雙一統天下的手
偉大卻是四種謀殺不盡的季節

之七

刀光斜立桌面　每一座死亡
砌起一道遠離塵埃的危牆
晨鐘頌唱古老的聖曲
雨嘩嘩地落下
滋生他們獻身的姿態
滋生季節的演變

我端坐在自己的屁股上
時光搓動著脊樑
熱淚在海洋深處翻湧

魚游上岸　留下魚尾的波動
氣候生死不明
死屍趴在大地溫暖著自己
蛆蟲在周身的口子律動

我端坐在自己的屁股上
英雄的回聲透入肌膚
徹夜難眠

迸自心地的熱　觸發芽的生長
危牆花瓣般脫落
塵埃走進四月的尾端
枝葉狀地伸向五月的天空
世紀末　果核　歌聲
不滅的風掠過黃沙掩沒的廢墟

之八

沒有動作　不再有絲毫的動作
有一雙手在體內攪動
我仰臥水面　臉盛開花朵
湖底的水很冷很靜
讓我一生一世無法逃離

看看玻璃做的一副眼鏡
反著光的影子
透視聲音　透視距離
一張呼喊的嘴
面對天空　夢卻更為遙遠

是否有所動作　如何去動作
我叩擊自己的顱殼
毛髮一篷篷搖動
曠野異常美麗
水岸的荊叢無聲無息

那雙手在我體內伸屈自如
那雙手的年齡無人知曉　除了它自己
我一再探聽掌紋

伺機發動一次謀殺
卻又無法救出自己　想想而已

那雙手竟然長出汗毛
樹起一桅風帆
季風催動它牽動身子　靠近彼岸
我獨自坐在船殼上藍天下
水花一再打濕我的主意

HELLO，2000

我未觸及彼岸，卻觸及
一個時代的底部。Hello
像是觸及生命的邊際

四月　開敗幸福的季節
誰會閱讀遺落的詩行？
握住餘火的手該伸向何方？

我收藏起驚恐端坐現場
戶外有青春大膽躍動
歲月　猶如髮絲自由地飄逝

我的感官回不到思想的內核
你的回歸卻牽動我每一根神經
每一塊骨骼　每一縷腺體

Hello，你是我一生的勞作
時刻奉承的手藝
你的完美是我一生永遠的痛

而貫穿紙面的苦難穿越網際
穿越任意折疊的時空
從此刻透入遠古　透入未來

從腕口伸屈自如的手指
觸及終末的臟器。Hello
世紀末的回歸　光陰如梭

我從疾病的囚籠中湧現

此刻，我從疾病的囚籠中湧現
感覺心收縮為駐地
我的頭顱供奉在一方洞窟的中心
遠古的壁畫十分美麗
我步入一方新天地
丟棄慾望和思念
沿著一絲縫隙，搜尋水流的蹤跡

一陣轟鳴
一盞前進的燈
一個孕育真理的季節
神的旨意在遼闊的天空傳誦

此刻，我從疾病的囚籠中湧現
想起陰霾的天氣
流放的車輪，一路的顛簸
漸漸遠離波濤，遠離大片的水域
我渴望劫持內在的靈魂
披掛自由捶打的火
奔向原始的森林，奔向苦難的土地

一種節奏
一次黑暗的飛行
一場黃昏的爭鬥透過岩層
新生的火苗，隨曙光在陸地蔓延

此時此刻，我從疾病的囚籠中湧現
生命之火再一次燃起
囚禁的血液在脈管中放浪
時光突破歲月的重圍
風暴燃盡孤寂
十二月埋葬一首詩
人類送走了痛苦　大地最後的元素

擊中眉心的困

伸自黑夜的揮手擊中我的眉心
無能繁衍的氣候
垂落手腳　撫平毛骨聳然的墳地
種子留守營地
一代身子遠征山山水水

與門相處的灰色院牆
季節與心
動作之餘的一聲哈欠
一陣歎息及夢囈　穿透整片天空
重重疊疊的困意囚禁自己

種子深入根莖還是大地
困意僅在揮手之間
藍色的鹽融入血
憂鬱與力量　無處不在
隔著大海的陸地　無處不困

揮手驅趕一種困意
抑或一種困境　絕非是告別

讓種子盲目地叩動生命
幸福與光明　地獄與天堂
遠隔重洋

假如明天沒有陽光

假如明天沒有陽光
天亮之後仍然可見天空與大地
一隻孤傲的鷹在高空遊弋
我在人世間漫遊
隱匿在喧囂的城市裏
星星般的字母簇擁疲憊的身心

假如明天沒有陽光
四季之中仍然可見草原與大海
我的視野翻越層層起伏的綠草
我的心胸容納萬千變幻的浪花
生命堅守著，為愛，為幸福
我怎敢輕易放棄

假如明天沒有陽光
沉浮之餘仍然留存思念與回憶
至少有夢，夢中有你還有我
撫摸身上的疤痕
我無處可退，唯有向前
心靈的懸崖時遠時近

夢回生命的源頭

在新千年臨近的那個夜晚
我又夢回生命的源頭
夢回到愛的未來
在生門啟合的瞬間
來來往往的人們攜手合什
心中背負起一個美麗的夢想

清晨，我挪動自身的骨骼
沐浴著陽光，沐浴著你
幾分麻木從指尖滲出
新生的血液在體表下湧動
終於抽乾身上的俗念
換一種心態，面對生存的世界

今夜，我搬動自身的肢體
腳心貼近大地，手伸向岸
伸向我的存在你的未來
體液流動開來，思念如潮
暢遊天地、江河與大漠
相擁南方一個完整的島嶼

在新千年臨近的那個夜晚
我又夢回生命的源頭
夢回到愛的未來
在生生死死的循環間
我打開身上所有的感官
只為放飛一個美妙的春天

生命的反轉

三個月能否完成一次生命的反轉
一樣的我跳動一顆空洞的心
站回到你的面前
一樣的道路坎坎坷坷
鋪向遙遠的地平線
看見你的身影消失在人群中
一樣的目光，為何如此深邃

三個月可否完成一次生命的反轉
一樣的情為何此時最思念
只因動情的你最溫柔
一樣的愛為何此刻最留戀
只為失去的你最美麗
我多想找回原初的那份愛
聆聽你最初的綿綿絮語

三個月足以完成一次生命的反轉
一樣的孤寂，一樣的憂鬱
一樣的風景如此令人心碎
我不再是一個靈魂的替身

消瘦成一張紙，在光明中站立
我試著堅強與勇敢
哪怕你的遠去改變了我的存在

曙光

第一縷千年的曙光，落在家鄉的峰頂
車水馬龍，掩不住嘴角的虛妄
善良的莊稼漢，你可否記得
哪裡是錯落有致的村莊
哪裡還有成片翻滾的麥浪
何處去尋覓
大片雪白的桔花撒向縷縷的炊煙

第一縷千年的曙光，落在家鄉的海灘
趕海的桅杆，一齊指向遠方
豪爽的漁佬兒，你是否還在期盼
石屋下的弟兄最終能開出花朵
望夫岩的眺望能穿透陽光
遠在海天的鷗群
依然銜走孩子企盼的目光

第一縷千年的曙光，從東方穿越時光
照亮了家鄉的歡樂與困苦
此時，我搏擊於生死的浪尖
此刻，我佇立在生命的山崗

那千年的曙光
穿透我沉寂已久的心靈
溫暖我重生瘦弱的身軀

復活

在此遼闊的瞬間，美麗又蒼茫
我獨自升騰而燦爛輝煌

生之大門，敞開你黎明的眼睛
讓我看看世界真實的面孔
看看今晚的世界
為了看清麵包、水和空氣
我一直努力向前
我蔑視人世間的死亡
書寫詩行，延續有限的生命

在此遼闊的瞬間，美麗又蒼茫
我獨自升騰而燦爛輝煌
想像比心跳得更快
遠處的山巒聳立
沒有哭泣，沒有悲傷
一度消退的滋潤重歸我的身心
新生的渴望在脈管中流淌
我的骨骼感奮火的熾熱、水的噴湧
我的耳朵傾聽馬的嘶鳴、獅的吼叫

在此遼闊的瞬間，美麗又蒼茫
我獨自升騰而燦爛輝煌

風在天際間發出信號
我掀開死亡的深淵
提起偉大的青春、海浪和鹽
從黑暗中分離整片光明
我是大地上自焚的火焰
穿透一切又熔化一切
我吞吃閃爍的光芒，四處飄蕩

飛越時空，飛越世紀的光線
我飛過青鳥的天堂，看到生命的由來
我渡過無常河，領悟生命的意義
在此黑暗與光明交替的瞬間
我感到死神正在退縮
天空的盡頭，傳來一陣無限的聲音
——明天，明天，明天是你的復活日！

新生

沉悶的世界塗滿母性的光環
人類，在陣痛中等待

一代代撕裂的大海
再次響徹季節魚的顫動
古老的潮汐不時地湧動
堤岸在浪的拍擊下
展現飛鳥的痕跡
聲聲鷗鳴席捲日出的光芒

為這一時刻
人類，等待在秋日的黃昏

多少個細雨的夜晚
多少種發顫的溫柔
歷史空曠的天空
襲來陣陣紫色的風雨
岸邊的樹林聳起如浪的波動
風景線在風的撫掠下綿延不盡

為這一時刻
這一交織陣痛與甜蜜的時刻
人類，歲歲月月地等待

生活

大病推揉著我，向著美麗的大澤
身心發黃著臉和一雙瘦削的手

心臟趕著思想，天空無比遼闊
觸動日積月累的發作，觸動愛與夢想

揣度一種氣質，揣度自由的節拍
我邀星雲一起排列字母的奧秘

天才從後腦貫向眉目，貫向愛的內部
從髮根到失去痛覺的指甲

我的病痛是地球的病痛
許許多多的疾病是一種疾病

我創造鳥的語言去讚美人類
普渡生靈，讓幸福不斷進入身體

我掌握了一切感悟，一切痛苦
帶著獻身的微笑，向著人類的深淵

倖存的話語

1.劫後醒來

劫後醒來。一種活力醒來，一種沉鬱已久的思維醒來，某種靈感般的頓悟在心中湧動。夜深人靜，我明白無誤地聆聽天國的聲音。我放鬆外在的軀殼，讓心靈自然而然地接受流淌的訊息。愛的心路歷程。海與草原。手心潔白。詩。生命的篇章與時間。我渴望敞開我的一切，乃至心靈最黑暗的邊緣。我渴望打開沉默，讓一切紅的、白的、黑的都流出來。我渴望交流，交流一切美好與罪過。我正在找回語言的拐杖，找回一種言語的氛圍。

我再次回到抗爭的原點，心靈又一次上路。我把整個殘存的靈魂投入到這一次旅程，就為自己尋找堅持下去的理由。人之有生命，在於有靈魂。靈魂是生命的本質，常依附於肉體使之具有生命；靈魂與肉體同在，才創造真實的生命；但是，靈魂也可脫離一切而獨立存在，這就是所謂的靈魂不滅吧。

我的人生是一道劃過天際的彩虹，照亮了一團痛苦與悲哀。
我是否真的失去希望？
不，絕不！
我要擁有高飛的靈魂，哪怕苦難的軀體正在復活或即將遠離。

庭院再深，天空更深邃。

生死一瞬間，生死歷程更雋永，更恆遠。

2 · 自省

　　從今天出發返回起點，抑或無須返回舊日的道路，重複昨日的沉默。新生前的黑暗停在烏鴉的一隻翅膀之上，另一隻馱著難以忘卻的苦痛。多少個夜晚我跌入憂慮的深淵，多少個黎明我受困於期待的陷阱。深淺不一的睡眠毒害我日益脆弱的思維。悲傷令我垂下受挫的舌頭，讓我無法分享傾訴的快樂。沉默成為縈繞詩句的主題。沉默的四周布滿傷口，布滿孤寂的影子。

　　從今天出發返回起點，我設法把一路喪失的聲音重聚一處，聚成一塊隕石的能量。自然的聲響給予人生晝夜相循的歡娛。草原之上的天籟純淨，那裏的雨聲最接近大地的心房，那裏的心聲最接近愛的真諦。從今天出發，我身體的世界日益縮小，而心靈的時空經受磨難無限擴伸。我重新籌畫生活的飲食，用心靈重建愛的房舍，用寫作重建智慧的家園。從今天出發，我深入大地的血性，深入到生命的原點，新的一輪季節像器官一樣耀眼美麗。

3·聆聽肉體

　　黃昏降臨。肉體之中有聲音開始遊動。一種飢渴、千年之久的飢渴讓人無法沉靜。我的感官開始啟動，像一列光明的火車駛上黑暗的旅行。讓我在梯口聽到你那熟悉的腳步，讓我的肉體感知你那撫摸的溫暖。一對簡陋的桌椅，一條平凡的草蓆，一件無知的白大衣鋪就我們的棲身之地。讓我們在倖存的空屋手牽手地祈禱：幸福的旅程還會抵達草的內部、水的深處。

　　有一條閃電深深地抽中肉體的根，傷口遠在童年故鄉的墳崗。有一場風雨整整淹沒了一個季節，淹沒了故國的每一條泥濘的小道。

　　忠於月色的戀情以及浮滿激情的肉體是否仍然留有我倆逝去的回聲。我的疑慮正在拉長現實的距離。側身聆聽，大地上的風穿過河床進入我夏日的夢境。聆聽肉體，化石下湧動的慾望妨礙了一個靈魂聖潔的歌唱。粗糙的門窗桌椅、繁衍知識的書架感應著我們肉體而透洩夏日的潮濕。我彷彿又看到生命原生的渴望，我彷彿又聽到生命放浪的歌唱。此刻，激盪我內心的是一種感謝生命的話語。此刻，我聆聽著劫後餘生的頓悟，直到肉體有所感動，直到不再需要聆聽。

4·沉默

沉默是摩西端坐的緘默。

沉默是納西瑟斯沉湎水中倒影的凝視。

人生是一張擺盪在追求與滿足兩極之間的秋千，是一方點綴遺憾與虛無的時空。昨天與今天之間，是一張一經使用便宣布失效的單程車票。人生苦短，虛幻莫測。我的人生走出了一串偶然與必然交替的腳印。它是一種意志的消磨，它是一種理想的沉落。

沉默是孤獨與自卑的符咒。

沉默是心靈經受震顫之餘的休止。

人生的力量不僅源於歡欣與鼓舞，有時也來自悲哀或沉鬱。孤獨與自卑是一種高尚的情感歷程。唯有感到孤獨與自卑，我才不斷調節自我，從而調動補償機制彌補調節之餘的缺憾，藉此釋放自身的潛能，從本質上擺脫人性的壓抑，正視存在的現實與必然的未來。

沉默是一段迷茫情感的象徵性失語。

沉默是億萬年歲月沉積的岩層，一旦砍擊就會爆發火星。

我的沉默不是大智若愚的深沉，也不是茫然無知的面具。我的沉默是東方禪宗式的靜謐，也是奧林匹斯山之巔阿波羅俯視人

寰的超然肅穆。我的沉默是純粹的，純粹的沉默是一種美賴以生存的基礎。

我的沉默要洞穿陽光，卻永遠穿透不了太陽，穿透不了自我。

5‧夾縫式寫作

未知與有知、傳統與現代、東方與西方，在我的內心潛入又奔湧。久而久之，我背負起沉悶的知識，在文化的夾縫中思索；而無知在思想的外室幸福地酣睡。虛榮與淡泊、自私與豁達，在我的心理層面浮沉。無為與有為、有意與無意，營造一種夾縫式的生存理念確定我生活的往昔與未來。

我躺在社會的大床，繼續拖累著生活，兩眼侵吞著變幻莫測的希望。

這世上究竟有什麼值得人不為之虛度？我苦苦地揣度，默默地掙扎，在陽光下戴起虛虛實實的面具，讓雙重的人格自然地癒合又分裂。文明的進步給生活帶來豐富的想像，也讓人類釋放意識深處潛抑的惡夢。慾望像一堆燃燒的火苗，它的起始純淨美麗，它溫潤著一顆追求的心。殊不知火焰也是毀滅的精靈，它會燒盡一切理想與希望。

生與死壓迫著人的靈魂。它們將時間擠成思維真空的裂縫，讓深陷其中的我窒息。寫作，我只有在寫作中尋找自己的語彙，尋找試圖突圍的方向。生活那麼精彩，那麼變幻莫測，讓人無暇思索，靜心梳理身心內外的點點滴滴。久而久之，我感到無法預示未來，主宰自我。我只有接受無法改變的現實，當疾患與苦難闖入生活，悠閒與活力就離我遠去，脆弱與死亡掛在枝頭伸手可及，憂鬱、忐忑、惶惑一再擠壓著我紛亂的意志。寫作成了我唯一擺脫苦悶焦慮的生存方式。

我翻閱文字與自我安慰。我幻想完美與缺陷抗爭。

我深入罪惡與恐懼為伍，我深入痛苦、自卑、錯亂而日漸迷離。

我創造虛妄的語符泊在颱風的中心，錨住恐懼的風暴，平息心靈洶湧的波濤。

6 · 詩歌

詩，浸染你熱烈或憂傷的元素
美成一片海，一片起伏的沙漠

詩，暢抒我那寄居塵世的情愫
難分甜美與傷痛，春花或秋月

詩，燃燒一段纏綿的喜或憂
愛與恨，生與死，欲說還休

詩，生命落幕時的一份致謝
深情只為一度的牽手與相守

詩，抽象為一種淡淡的幸福
不時地閃爍人生動人的情節

詩，靠近明天的完美與無缺
煉成一枚晶體，簡單而純粹

　　隨著文明的進程，詩似乎勢在必衰。科學在創造文明的同時，無情地吞噬自然的美好，蠶食日趨暗淡的人性之光；活著或死去的靈魂在高度發展的物質世界中游離，失卻其應有的和諧、高尚和精緻。每一個個體的存在，每一個具象的變形，每一種藝術的演變，均顯得那麼彆扭、滑稽，那麼難以理喻。

　　現代語言偏離常規、摧毀其固有的程式，拉大名與實之間的距離，早已無法呈現萬物，危險的語言既構成「真」，又構成「非真」，以一種遮蔽的方式叛離人類的精神，其隱藏的力量指向更為博大的否定，呈現出詞與物、在場與離場、自我與他者的本來面目，直到最終掌控人的意識，篡改人類生存的本質。

「在奧斯維辛之後，寫詩是野蠻的」。詩寫者完成了「神→人→肉→物」的垂直墮落過程。「我」已亡，他者凌駕一切。詩寫者心懷對語言的恐懼，放縱其紊亂的心境，穿過瘋狂、否定、虛空、力求抵達人與物的本真；明知詩之不可為卻為之，任其內在的意義生發轉換，相生相剋。

　　詩不再是一件事實的臨摹或一種思想的演繹。詩直接是一種認識，直接化為一串語詞的秩序、一種語言藝術的效果。現代詩自外向內、自具象至抽象、自現實趨於超現實、自邏輯抵達非邏輯的徹底轉向，讓詩人更自覺地轉向對自身的凝視與洞察；一種非理性思維法則主導下的語言目光更趨於意指的多義性、模糊性乃至極致的無限性。詩意解構後的撒嬌、解嘲、反諷、自虐、物化直接抵達非我、非物的境地。現代詩正設法揉碎自己，碎裂成一片片美麗的廢墟。

　　真可謂，語詞破碎處，無物存在，不泯的詩心劫後逢生。

　　我的詩歌寫作始於宣洩苦痛與焦慮，卻渴求祥和與安寧，繼而從痛苦走向智慧與寧靜，從個人的苦痛延伸至人類苦難的境遇。與其自嘲為一位悲觀主義者，我還不如自詡為一位理想主義者，時刻關心生命的價值，關注新世紀解構世界裏人類冷漠、異化的生存狀態。我那近乎絕望的呼喊在表達個人不幸的同時，也渴望自己的創作能給眾多苦難的靈魂帶來一絲慰藉。因為文學、藝術與文化具有神奇的心理療傷作用，它們通過文字、繪畫、音樂媒介等，理解與關愛人類的苦難。詩歌寫作中對某類詞或意象

的一再重複，有如東方禪宗文化中的念咒，實為一種驅魔式的自我療法。誠然，一首詩能夠深入一個人的靈魂，撫慰內心的傷痛，在人與人之間、族群與族群之間構建心靈溝通的橋樑，重建起信心、信任與愛心，促進彼此間的理解、尊重與愛護。

我的心智漸漸趨向安謐，我的想像開始邁向寫作的思緒。我的思維奔逸，我的靈魂險惡。我的文字穿越山川大海，超越生生死死。我的生命卻趨於虛無，趨於一片抽象的美麗。

一代代詩人在設法靠近彼岸，彼岸卻被推得更遠。

它是遠不可及的世界，也是近在心靈的啟示，更是欲罷不能的動力。

7・心中的你

你是大海，凌晨或黃昏六點鐘的大海，遠在岬口翻捲神秘的色彩。

海水亦深亦淺，水之門一啟一合，承接一江的血液無盡地風流。

自從風揮動起回聲，膨脹的情慾圈完成了透亮的生存，太陽、月亮洞開鳥瞰的方位，蔚藍點點滴滴落入大海，從而有了魚尾的波動，有了生命的傳說。每當出海的時節，就會響起美人魚的歌聲，青春的心搖曳著風鈴，純淨又美麗。海岬鬆開大門，堤岸退隱，絨草間魚卵洄游，船桅撐起一面風帆掩住海口，在浪尖飄逸如雲，騰挪如煙。潛抑的水性點燃透明的潮汐，水的轟鳴一

洩千里，火一般蠻野的衝動展露最柔韌的秩序，恆動不息的潮漲汐落透洩出歡欣而蒼涼的氣魄。

　　你是草原，一方風情萬種的草原，誕生在時光的另一端。
　　湛藍的天光，明朗的綠野，一隻夜鷹在低空翱翔。

　　你首次開啟的眼神掠過植物的形象。馬群與駱駝在思想上遠征。你孕育在一種植物編織的眠床，門檻內外布滿植物的另一種目光。在你通往理想的每一條道路旁是植物的軀體交織成前進的路標。你濫飲植物的綠色柔情；你厭倦一季單色的生存；單調的時鐘像一把玻璃匕首削刮著一顆青春的心。你在綠野上奔走，心頭湧起海潮般的衝動。你沿著沙丘、風暴、荒漠行走，尋找堅實的基座。你的手像飛蝗般的箭射向遠方，一種腳步追逐著一種腳步。你的右邊是一堵穿不透的物質，左邊永遠是一團犬齒般的思想。你的前後傳來竊竊私語以及無恥的笑聲。你的靈魂攀越每一步艱難的進程，穿越古老的大草原和陽光一樣坦蕩的平原，最後淹沒在光明般赤裸的海洋，身心十二分地投入。

　　你是我心中的世界，唯一的世界。
　　你是大地深處的磁礦，緊緊吸俘我的身心。你那純潔的時空，是一首寧靜的舞曲，也是一方火爆的戰場。你的軀體像一條黑夜的河，匯聚植物的一切光澤，流淌在我沉沒的廢墟。你的血液沿著思維的翅膀上升，升到浩瀚無邊的天庭。你的言語是永恆的天平，平衡著我的希望與成就永不間斷地生長。

8 · 愛與不愛

愛是一種緣。婚姻是一紙空文。
愛與不愛、見與不見、聚與不聚全在於你我緣分的盡與否。
忘與不忘是一種痛，有意與無意又是一種痛。
隨緣而安，隨緣而滅吧。

愛是一種思想。愛人是思想的閱讀者。
愛是一種寬容，學會寬容，愛將不滅。
寬容不是隱藏自己的恩怨，也非喋喋不休的解釋。
寬容是一種偉大的情感，釋卻人間的憤怒與傷悲。

愛最終是一種人生的信仰。
愛人是一種人格的象徵，一種信仰的支柱。
愛上一個人就是一種信仰的建設過程。
世界上最苦的痛莫過於信仰的崩潰。
它是一種精神的災難，一種理念的幻滅，乃至生命的終結。

9 · 悲哀

我的內心無時無刻不在悲哀
我悲哀地走在都市的邊緣，自生自滅
我悲哀地抗爭午夜的鈴聲

我悲哀地遠眺深海的美麗，獨守岸邊的淒涼
我悲哀，獨立的心智迷失於黑暗的蠱惑
我悲哀破落的家園，罕有真情出入它的庭院
我悲哀，回歸自然的道路，艱難又困苦

我悲哀，一切為了你，為了我的靈魂
茫茫的世界為了和平與幸福
心靈即是上帝
我的悲哀，如同光明的詩歌面對物質的殘忍
我的悲哀遠渡重洋，深入時光的禁地
我的悲哀，隨同火山的爆發，趨向永恆

10·健康與疾病

一個人生下來就活在雙重的國度——健康與疾病的王國。儘管人們喜歡出示健康的護照，但遲早被迫承認自己是另一個國度的公民。健康是第一財富，是人生實現遠大抱負的基本要素。

健康並非人們想像的那麼簡單，健康意義的取向直接影響你對疾病的態度。狹義地理解，健康就是沒有生理疾病。你的整個身心寄託在生理健康之上。一旦患病，希望痊愈才能恢復你身心的安寧；治療的點滴延誤或勉強痊癒都會留下一絲無助的悲哀，依賴醫生的不適感只能讓你更加害怕疾病，害怕時運的不濟。我

們宣導廣義的身心健康，反對極端地理解健康是生理、心理和精神的合一，否則只會引發更大的痛苦。因為現實並非事事如願，總會有這樣那樣的不如意超出人們對完美的想像。

疾病帶給人生一段錯誤的時光，完成一段錯誤的使命。錯誤的生命該不該再有它錯誤的進程？抑或錯誤的生命是否該儘早地結束錯誤？不，生命的存在就是一種健康的存在，一種價值的體現。它是神聖所在，本體所在，永恆所在。

生活應該充滿活力，享受悠閒，結交摯友，獲取愉悅並感奮人生的意義；而疾病打翻了生活的天平，改變自我的追求與人生的價值，一種失控於生活的茫然引發一連串的心理失衡、心靈失落乃至個性危機。一種穩健的個性可協助個體設立人生的目標，激發慾望的機制，既為之盡情地付出，也從中享受滿足的樂趣。一種主宰人生、掌握未來的自信吹動生活的風帆自由地馳騁。

疾病卻像一次突如其來的風暴折斷個性的桅杆，讓人生的小舟陷落於危機的苦痛。疾病是一齣不得不續演的戲，耗盡個體有限的精力。疾病讓個性的自我更靠近現實，激發個性接受挑戰去面對危機，去適應苦難。一切精神與宗教傳統均表明疾病與苦難蘊藏巨大的潛力。它能磨礪人的意志，銳利人的直覺。劫後餘生的精神歷程是那麼的從容，超脫的心智洞穿一切困惑的根源，感知到生命的神聖。

雖然疾病和苦難改變了我的生活，脆弱和死亡隨時威脅我的生存；我已無法改變這一現實，卻要挑戰所能改變的一切。我活著就應隨時調整失衡的心態，調整與疾病抗爭的方式和抗爭的時機。我要將苦難和危機化為人生不斷進取的動力。只要我堅持，不可逆轉的疾病就主宰不了我人生的旅程；只要我堅持，再堅持，任何困難與挫折都無法擊潰我的心靈，因為我經歷了太多的苦難，因為我體會了太多的不幸。

11 · 生與死

生命是一種錯。愛是一場錯。婚姻也許是另一幕錯。

一切的一切均是錯中錯。人生就在一系列的陰差陽錯中創造一種恆遠與美麗。天空寧靜，風依舊，雨依舊。青銅仍然是青銅，陶罐是陶罐，樹紋依舊。我的語言沉入水色的河流，倖存的話語隨口舌流失曠野。

生命是種子，是芽胚，是數萬條精蟲向著卵泡一往無前的進發。

生命是穿越起始與終極的血液，是跳動神奇與偉大的脈搏。

可生命又是枯木、斷枝，一堆長滿鏽色的廢鐵，或是一段無奈蕭瑟的時光。生命注定為情所困，為慾所役，為名所累，也為不息地滿足內在的追求耗盡心血。生命只能無奈地感歎世事滄桑、人世險惡。生命，自誕生的一刻起就與共存的疾病、死亡明

槍暗鬥，晝去夕來，直鬥得遍體鱗傷，奄奄一息；或歸天國，或下地獄。唉，終生辛勞的生命，空空如也的生命，是誰的手操縱著你的神秘與不測？是誰的手推動著你繁衍生息，一個又一個季節，一個世紀又一個世紀？

而死亡是一道自然的門，一扇開啟生存意義的門。
唯有此刻，倖存的人開始明瞭生死的涵義。

死亡是一種永恆的喜悅，是一種恐懼的解脫。
死亡是生命的頂峰，是生命的奧秘。

死亡是人生難以退卻的最後事件。
死亡是人生的一種果實，生活的枝葉營養了它。

死亡是生的另一種姿勢，是生命旅程中忠實的伴侶。
死亡是一種神聖的思想，是一種寧靜，一種生的氣度。

12‧拷問自我

我是誰？我究竟是誰？
孤寂失眠之夜，我問自己。
問天，天無聲；問地，地無息。

我錯誤地降臨這個世界，早早地接受教育，早早地成熟，滿腦子青春的理想與深沉的黑暗，任意地揮灑感情的熱烈與清純，從不珍惜愛心的真摯與狂烈。我不只一次，有意無意，或輕或重地傷害別人的真心摯愛，致使今日失卻一切生存的幻影而陷入無限的悲哀與苦痛。

　　生活是什麼？生活是無數張假臉遮掩人的本我去應付世事的滄桑。人是什麼？是一條偶然來到這個世界逛了一次風景的可憐蟲。

　　「你本是塵土，仍要復歸於塵土」。
　　而世人無不相信自己生來就為了追求人生的價值，實現自我的價值。可價值是什麼？價值的尺度又在哪裡？

　　我過早地步入社會，步入生活的旋渦。我也曾充滿熱烈的幻想，即便是病危躺在監護病房裏，還說「躺著是唯一的抒情」，「我只是與上帝握了一下手」，卻不知災難已經降臨我身，降臨到我的家庭，差一點連活的權利都被剝奪殆盡。這就是生活，生活所能給我的真正涵義。

　　我想大聲地呼喊，可誰又能聽見我的呼喊？
　　我想哭，而哭只不過是紅腫的眼睛與苦澀的眼淚。

　　誰能告訴我流血是什麼滋味？
　　品嚐滿嘴腥紅的血液，看著暗紅的熱血從脈管深處汩汩地

流出體外，缺血的顱內開始失衡，感覺的定向錯位，幻覺的頻頻閃現⋯⋯這種種滋味又有誰曾瞭解一二。「我已嚐夠了自己的血！」

我恨這發生的一切。可是恨又能改變什麼？周圍的天空仍然是那麼渾濁不明，趕路的人流仍然是那麼步履匆匆，大海與草原仍然是那麼一望無垠。

那麼我愛這世上的萬物，賜恩澤於天下。而愛又是什麼東西？即使兩情相愉的愛又能維持多久？愛是一種自卑的呈現，是孤苦的雙方為躲避生活的滄桑尋求的片刻慰藉，是垂死的人類為掩飾內心的恐懼謀求排遣陰影的強心針。

我似乎看破紅塵，卻又看不破另一個存在的世界，看不到來生的自我。

我是誰？我從何處來？我往何處去？

我已準備好上路的行囊，我又無須準備什麼。

兩手空空，一身輕鬆。

跨越

我大步跨越人類，跨越意象沉積的礦藏
金屬般熱烈的注流鑄造殘缺的靈魂

多趾的季節，從葉脈降到根莖
疼痛波及花，波及一根伸展的枝椏

我穿越時光，血液撒在詩歌的底部
托起人類，好比裸露的意象托起一座豐碑

男性的力，疊著春天的玫瑰
煙囱般高聳的塔，眺望岸邊嫋嫋的炊煙

我的想像傍著蕁麻，陪伴敏捷的昆蟲
傾聽氣候降臨蝸牛之背，在人類的腳底爬行

末日駛出港灣，患病的海水一片渾濁
河流入海處，傳來聲聲再見的呼喊

我搜刮大地上奔跑著的陽光
袖口帶起風，襲擊大陸架圈定的海洋

思想潛入水中，掀動大葉銀色的鱗片
海葬的鐘聲泛出鹽花，玻璃般晶亮

我的顱骨帶著十二分的感官飛翔
痛苦，猶如剿殺不滅的時光，隨波蕩漾

黑陶

就像我全部的經歷，黑陶
燒製的語言是我透徹
生存的想像力
沉澱在流動的核心。紋飾與色澤
只是附屬世界的犧牲品
時光一代代謀殺軀體
誰又能謀殺黑陶內部的寧靜
成功只是散落的瓦礫
鋪開陽光下無限延伸的背景

陶片的心情是黑色的斑點
落筆的餘暉在於多年的顛沛與腕力
未來是一座鋪滿鹽的島嶼
生活的浪升上來，夾帶著魚
就像我一次次的努力
風坍下去，彷彿整座牆
清晨的傷口塞滿指節、花與淚
黑陶口塗抹的汗水
湧動人類原初的想像與祝福

彼岸

風從帽沿翻越挺拔的脊樑
黑髮順坡滑翔
此刻，我隨人流漫入都市的院牆
身姿隨意地揮動
陽光就會漫過皮膚
繼而漫過生生滅滅的脈象

坐著與躺下，相接同一個世界
在旗幟與舞動之間
在風與帆之間
流動著光明的彼岸
魚游過來，人遊過去
一陣陣水聲，消失在過程的末尾

天地仍然擠壓我的軀殼
步子落在地平線
四周的空氣，時鬆時緊
塵埃貼住穴位，撩動著神經
內在的呼吸危機四起

走出街區，走出暗河流淌的街區
站在自身軀殼的邊緣
聽彼岸的濤聲，由遠而近
手心一陣陣濕潤
脈象平穩地切入午夜，切入黎明

歲月撕去一張張面孔
我穩了穩姿態，伸出手
撫摸著人流和淹沒的城牆
幾具軀殼脫落在陸地
岸邊，一隻空船通體透亮

秋紅的葉子

在死亡結束之後。生命開始游動
平淡的水面有水的開放
那陽光熱烈地揮灑
一條流動的河，竄過骨骼血肉
竄過南方北方的山山水水
一隻飛翔的鳥
越過了一片枝頭和牆的邊界

在飛鳥抵達的岸邊
有一片葉子遠在抬手觸及的領地
有一列火車快速移動，車上的歌星
唱啞了年輕稚嫩的歌喉
於是，那條河流進了葉子
那葉脈呈現出四季
那季節又隨河水緩緩地流失

而在眾鳥難以企及的彼岸
游動著秋紅的葉子
我深入河谷，以及它自身的湧動
風一陣陣掠過

那葉子吹奏成笛
那葉子曝曬血脈的搏動
當風暴在五月降臨
當寒潮擄去南方多雲的天氣

我要游往彼岸，越過大河
遼遠如國之疆土
抑或穿越時空
從此不再尋尋覓覓
我要游往彼岸，別無選擇
落葉，即刻漂泊四野
流水一往無前。一隻飛翔的鳥
在空中掠過，融入那落日的光芒

時光隧道

候鳥往南飛。我往何處去？
時光隧道打開一扇神秘的大門
噴湧源自千年的表達
我的心透明似水
一對翅膀的飛翔展開大地的夢想

掙扎在一片蔚藍色的天際
我的生命波動如潮
愛，流成一條沙漠裏的河
世俗的風沙移動著她的走向
我別無選擇，唯有堅強

人生浮浮沉沉
太多的無奈折磨淒美的心靈
大步跨入開啟的時光隧道
我去體會天地間的美妙與輝煌
永不言敗，哪怕末日降臨

南飛的候鳥隨時歸巢
遠行的時光終究要回歸家園

我一生追尋飛翔的翅膀
在沙漠的溪流間探尋愛的方向
探尋那一片一度迷失的樂園

近在心靈之內

燈光壓低身子
照亮我的顱殼和幾個自己
你波動在歲月之外
錯動顱內的空氣
水紋湧起一行久遠的呼吸

從院落的門檻伸開步子
汽笛穿過牆砌的院落
我走上海堤
風伴隨心中的葉子
伸出手縮短顱殼間的距離

你晃動在我的顱殼之外
陽光傾下角度
消失在一片注目中
歲月依舊心依舊
藍色的海洋波動在彼岸

燈光站在井沿的土地
古幣沉落在井底

你遠在歲月之外近在心靈之內
水面浮起太陽的影子
浮起我最親密的自己

我習慣於你的重量

我習慣於你的重量　習慣水
你的聲音落在紙上
像極風　穿過牆基和鐵

語言的光波及水一樣的表面

毋需選擇開始或結束
你的出現透過我的手　我的陳述
面對人類的物質和天空
呼喚另一種生存

我習慣於你的重量　習慣鐵
你的手腳打開刀鋒
切開河床　切開水

鐵和水的反光滲入語言

毋需選擇結束或開始
你的消失沉入我的心　我的變異

成就一次痛苦的美麗
以及孤獨的一枝筆

我習慣於你的重量　習慣物質
水是肉體　鐵是心

感恩

感恩的道路久久地走向遠方
向東走向曙光與海洋

向北推進
草原的熱烈表達我對你的感激
血在脈管中流動
蒼茫從你的眼中傳遞
一匹美麗的馬主宰這道路的漫長

我的生命
源自另一個活著的靈魂
你的世界超越所有人的高度
被黑暗圍剿的田野都在向你微笑
你是我大地上燦爛盛開的花朵

你是我朝聖的目的地
巨大的峭壁遠在季節之外
博愛在東方的藍天下迴盪
我的臂膀反覆地生長
渴求表達感恩的真實與美好

感謝風把真情帶向遠方
傾聽代代相傳的幸福與安康

幸福與快樂

幸福走在一條悠長的臨水老街
身旁瀟灑你的愛戀
快樂逍遙一對自由的心房

幸福傳誦一段經典的戀人絮語
歲歲嘮叨你的喜怒哀樂
快樂灑滿倆人真實的小屋

幸福烹製一桌爽口的粗茶淡飯
餐餐自助你的秀色
快樂充盈一副健美的皮囊

幸福放飛一曲純真的童謠
女兒誘發你的溫柔
快樂浸潤忙忙碌碌的家園

幸福遞上一杯冬夜的咖啡
每一口品茗你的溫情
快樂彌漫寬鬆溫馨的書房

幸福迎接一張重逢的笑臉
熱淚應和你的呼喚
快樂淹沒細雨般的纏綿

幸福絞握一雙平等祥和的手
撫慰一顆歷盡滄桑的心靈
快樂若隱若現

幸福追憶一段刻骨銘心的愛
回歸忘卻你的遠行
快樂停停走走

尾聲

峽口，風帆，信天翁
碧海藍天，我心飛翔

軀殼，我還能指望你什麼
艱難的復活一定會再一次流失
惟留我的靈魂高高地飛翔

一道道海岸線
令我幾度魂牽夢回
依然在大海與陸地間浮蕩

我的世界正緩緩遠去
所有的病痛及其內心的憂傷
此刻，隨風而逝……

彼處為岸，回頭也是岸
海水漫過沙灘
一切的一切復歸如初

萬物轉向光明
落葉飛花，樂聲悠揚

（1991-2011）

輓歌
——海岸首部療傷長詩

輓歌
——海岸首部療傷長詩

詩歌療傷，深入一個人的靈魂

——海岸訪談錄／2012年，阿翔

訪談人、受訪人：

　　阿翔，70後詩人，大陸《詩歌月刊》「國際詩壇」欄目主持。現居深圳。

　　海岸，詩人、翻譯家。復旦大學外文學院副教授，兼香港《當代詩壇》（漢英雙語版）副主編。

一、追憶上海民間詩刊《喂》

阿翔：在此我首先要感謝海岸兄幾年前贈我《中國·上海詩歌前浪》、《喂》等比較珍貴的一些民刊資料，特別是《喂》，大約在1991年，濟南一位詩人、後來成為法語翻譯家的胥弋給我來信介紹過上海出了民刊《喂》，但我求索了十年，一直未果。現在，讓我們先談談《喂》，我始終沒有搞清楚，它在上海是什麼時候創刊的？是1988還是1989？

海岸：是在1988年春，《中國·上海詩歌前浪》（鉛印，1987）推出之後。

阿翔：我很喜歡《喂》這個名稱，我覺得樸素、自然，我曾
　　　在自己的集子引用作為集名。我注意到1991年第7期
　　　《喂》中醉權有一句話：「我們給『喂』注入寬泛的意
　　　思。如當人類不曾用一些符號區別開來，『喂』就在他
　　　們中間傳播，就理由充分地做了最原始的文化。我們將
　　　世界逼到底，世界簡單，就是一個『喂』。『喂』所以
　　　又是我們要說的最末一句」。你能否可以回顧一下，對
　　　《喂》重新做一番審視？

海岸：關於《喂》的來龍去脈，我曾寫過一篇追憶文章
　　　「《喂》：上海詩歌前浪掠影」，如今在網站《成言
　　　藝術》、《詩生活》、《零度寫作》、民刊《獨立》
　　　（十周年紀念專號）、《大陸》（紀念號2005／2006／
　　　2007）上都能找到。《喂》一開始就自覺地將自己放置
　　　在一個世界性的語境之中，置身於各類藝術語境中，
　　　讓自身的寫作面臨各種現實問題表達更深刻的認識。
　　　《喂》帶著時代強加給個人的不可磨滅的創痛，在一個
　　　特定的歷史時期穿越種種束縛去尋找人的靈魂歸屬，去
　　　用詩的語言構建一個與現實的生存體制相對抗的詩的世
　　　界。《喂》承接上海詩歌「前浪」的先鋒精神，在個體
　　　生命與生存環境所產生的緊張、焦慮、憤怒、絕望中，
　　　其堅實硬朗的詩行，呼嘯有聲，穿越浩瀚長空。正如一
　　　土在《喂》創刊號上所預見的那樣：「詩歌在我們身上
　　　並非偶然。我們應當相信我們的才華和機遇。我們的沉

默狀態只是我們不屑於作別的事情。若干年後，我們遺留的，我想，人們會發現作為中國詩歌的一段歷史，我們是一個前所未有的高度」。

阿翔：《喂》一直以白皮書形式出刊，它一共出了幾期？在哪一年終刊？為什麼？

海岸：《喂》一共編了八期，實際出刊七期，終刊於1991年秋。當時一土因種種原因被迫遠走他鄉，臨走前將已編好的第八期詩稿交於我，不料那時我已病魔纏身，心有餘而力不足。

阿翔：當年在上海的地下刊物，鑑於當時環境下自辦民刊的獨特性，肯定會受制於所謂有關方面的特殊關注，有的刊物一出刊就成了終刊。而《喂》持續、穩定地辦了那麼多期，海岸兄，能說說你們是怎麼解決的？我感到是真的挺不容易的。

海岸：是啊，其中的辛酸只有當事人自知，結局是一樣的，一土不是一樣被迫離開上海了嗎！《喂》之所以多辦了幾期，多堅持了幾年，是在於我們幾個辦刊人的「無名小卒」的身份，當時上海有關方面關注的是《海上》、《大陸》、《撒嬌》等民刊。在後期我們也有意無意地將編好的《喂》放在外地付印。

阿翔：《喂》的同人比如一土、醉權、羊工、古岡、孟浪、南
　　　方等等，十幾年後的今天，他們現在怎麼樣了？

海岸：除了1998年在滬見過一次面後，一土至今下落不明。醉
　　　權在90年代下海受挫，回了滬郊松江老家。羊工依然在
　　　浦東生活。古岡現為上海某大學出版社編輯，近些年在
　　　民刊《零度寫作》中任詩歌編輯。孟浪去了美國，在
　　　美國布朗大學做過住校詩人，做過海外版人文雜誌《傾
　　　向》的編輯，現定居在香港；南方去了法國，成了海外
　　　版《今天》的小說編輯，經過多年的努力，他最終拿到
　　　了巴黎某大學的建築學博士學位，現供職於法國某建築
　　　事務所。他倆這些年也常回滬探親。

阿翔：在早期的《喂》上我看到你的翻譯作品，比如塞繆爾‧
　　　貝克特、伊‧艾‧貝拉卡等，你是什麼時候開始涉足翻
　　　譯這一行的？翻譯對你來說，也是一種創造？或者還是
　　　別的什麼？

海岸：是在八十年代初，當時我就讀於杭州大學外文系，首次
　　　接觸到外國詩歌，為其吸引，尤其是二十世紀的英美詩
　　　歌讓我興奮，促發了我譯詩寫詩的衝動。記得當時我寫
　　　過一篇譯介美國詩人卡明斯的圖示詩「一片葉子落下
　　　來——孤獨」的文章入選校「晨鐘」詩社。大學四年間
　　　我發現自己的漢語水平不足以表達英美詩歌的內涵，故
　　　而，時不時地溜進中文系的教室去旁聽「中國現當代文
　　　學」、「美學」等課程。我承認西方的繆斯是自己的文

學啟蒙老師，為了譯好詩，繼而又去寫詩，錘煉自己的漢語表達能力；久而久之，譯詩又促進自身寫詩技藝的提高。

　　三十年英漢雙語的實踐讓我確立了「詩人譯詩　譯詩為詩」的詩歌翻譯理念，當然所謂的詩人翻譯家涵蓋具有詩人氣質的學者。前些年我還專門編選出版了一本《中西詩歌翻譯百年論集》，旨在梳理與總結中西詩歌翻譯的百年歷程，全面地瞭解我國詩歌譯論的歷史、現狀及其發展趨勢，也為自己闡釋與重建詩歌文本吸取養分，繼而融入到自身的創作中。誠然，翻譯難，翻譯詩更難！詩人翻譯家知其不可為而為之時，需額外增加一分謹小慎微的細心與耐心，在某種程度上譯詩比寫詩更辛苦，顯然是另一種創造。毋須否認，翻譯過程同樣觸發創造性，它決非簡單地從一種語言轉化為另一種語言，而是要在創造性的轉化過程中顯示多重語言、多重文化的特性。翻譯的似是而非有時隱藏著詩意，雙語的非對等錯位有時能產生濃郁的詩意；那些彼此關係曖昧的單詞有時賦予不同尋常的意蘊和美感，龐德的翻譯實踐就是一大例證。這也許是掌握雙語或多種語言的現代詩人最大的益處。

阿翔：我手裏有一本河北教育社出版的《20世紀世界詩歌譯叢：狄蘭‧托馬斯詩選》，這是你第一次譯作最大的收穫，也是你個人「詩人譯詩　譯詩為詩」翻譯理念的最

好例證。聽說你的另一本譯作《塞繆爾‧貝克特詩選》
也要出版了？

海岸：那兩本譯詩選的初稿均完成於八十年代末，是我在滬讀
研究生期間的習作，後經過九十年代養病期間與朋友們
一起細心打磨而成的。新世紀初恰逢河北教育社擬推出
《20世紀世界詩歌譯叢》第一輯，就將兩本譯詩選都
交於他們出版；但是，《塞繆爾‧貝克特詩選》因版權
引進問題，出版一再擱淺，後來我雖然談妥了塞繆爾‧
貝克特的英詩版權，但其法語詩歌的版權卻被國內另一
家出版社買斷，而且令人詫異的是五卷本的《貝克特選
集》唯獨沒有收錄其英詩作品。好在去年洗塵兄將之收
入《詩歌EMS週刊》（總第七十三期）中，遞送到眾位
詩人手中，起到一定的傳播效果。

　　比較這兩本詩集，風格截然不同，我採取兩種不同
的策略來體現不同的詩風，力求避免千篇一律的「北島
體」式翻譯。塞繆爾‧貝克特的詩歌從早期的「巡遊
詩」到後期的警句式的「蘆笛曲」，尤其是他寫於七十
年代的詩歌，其絕望悲哀所致的簡潔但不簡單的詩風幾
乎趨於極致，詩行間過濾了感情的波瀾，不見紛繁意象
或象徵，一切都退守到虛無的狀態，唯留一絲聲響在時
光中流動，不斷地在傾訴著什麼，卻又聽不清，也不尋
求為人所知；難以表達的語言相伴著枯燥冷漠的言語，
無休無止，直抵虛無絕望的邊緣。「那邊／遙遠的／一
聲呼喊／如此的微弱／美麗的水仙花／隨後行進／／隨

後那兒／隨後那兒／／隨後從那兒／水仙花／再次／開
始行進／再一次／傳來／遙遠的／一聲呼喊／如此的微
弱」（〈那邊〉）。

　　而狄蘭・托馬斯的詩風粗獷而激越，音韻充滿活力
而不失嚴謹，其肆意設置的密集意象圍繞生、欲、死三
大主題相互撞擊，相互制約。他早期的許多作品晦澀難
懂，後期的作品更清晰明快；然而，他的晦澀與不解
並非由於結構的鬆散與模糊，而是因其內涵過於濃縮所
致。他的詩篇感性而堅實，絕少流於概念或抽象；他的
詩純粹樸實，自成一體，普通的一片落葉、一滴露水、
一次性愛過程均可化為無窮的詩意；他從感性出發，通
過感覺具體的物象，觸及內在的本質，最終達到某種永
恆的境界，他那種化腐朽為神奇的詩藝令人讚歎，令人
翹首仰望。今年《狄蘭・托馬斯詩選》的出版合同也到
期了，我想繼續修訂這本譯詩集，希望此次能在其音韻
節律的表現上有新的突破。

阿翔：近些年我注意到你還在做中國當代詩歌的英譯工作，並
　　　且做出了一些驕人的成績，2009年你在歐洲／青海兩地
　　　同步推出《中國當代詩歌前浪》的譯本。做這種工作確
　　　實吃力不討好，能否就此展開來談一談？
海岸：好的。英譯中國當代詩歌是歷史的必然，也是詩人翻譯
　　　家的使命所在。早在八十年代《喂》刊創辦之初，我們
　　　就有意將之放置在一個世界性的語境之中，從第四期開

始有意識地設立「英譯欄目」，由我負責確保每期每人有一首同名英譯詩，這也許是大陸民刊最早引入雙語版式的記錄。這一點現已引起海外漢學家的關注。2007年美國俄亥俄州立大學東亞語言文學系現當代中國文學與文化資料中心網站發表了一篇由荷蘭萊頓大學柯雷（Maghiel van Crevel）教授撰寫的「中國非官方詩刊研究箚記及書（刊）目評注」，不僅指出《中國‧上海詩歌前浪》（1987）明顯的上海區域特性，而且在《喂》詞條下評注「《喂》除了上海特性之外，還似乎帶有明顯的國際化趨向」。在此我不得不驚歎遙遠的荷蘭萊頓大學東亞文學資料館竟然也能收集到當年印數稀少的《中國‧上海詩歌前浪》與《喂》。今天回過頭來看，那些英譯稿是顯得那麼的稚嫩粗糙，卻也為我二十年後譯介中國當代詩歌邁出堅實的一步。

2007～09年間，值此國家推行「中國文化走出去」的戰略轉型期，比利時詩人、翻譯家、出版人傑曼‧卓根布魯特（Germain Droogenbroodt）幾度來華訪問，促進中西詩歌的雙向交流，為我提供了一個較為全面、真實地譯介中國當代詩歌的契機。我倆商定從上海做起，共同編譯《中國‧上海詩歌前浪》，交其POint（國際詩歌）出版社出版。我之所以取此書名，首先是為了紀念二十年前的那本民間詩集《中國‧上海詩歌前浪》（1987），再則入選詩人基本上源自當年的核心作者，且秉承「前浪」姿態，堅持獨立寫作的詩人。

2008年末，傑曼和我收到第二屆中國青海湖國際詩歌節（2009）和第四十八屆馬其頓斯特魯加國際詩歌節（2009）的邀請函，決定擴大選本範圍，更名為《中國當代詩歌前浪》，選編了中國大陸八十位大多在二十世紀五十至六十年代出生，至今在世界範圍內堅持漢語寫作的先鋒詩人的作品，也收錄了代表更年輕一代審美取向與文化觀念的「70～80後」的詩人作品。它以漢英雙語形式呈現新世紀全球經濟一體化背景下，具有悠久詩歌傳統的中國當代新詩全貌。本書詩歌英譯大致可分為兩類：學術翻譯和詩人翻譯。全書約二分之一的英譯出自英語世界一流的學者、詩人、翻譯家之手，餘下部分則由本人提供英譯初稿，再與在滬的美國詩人、2007～2009年度中美富布賴特獎學金獲得者徐載宇（Lynn Xu）小姐等合作完成。本書的編譯出版，尤其在歐洲最古老的詩歌節「馬其頓斯特魯加國際詩歌節」首發，隨後進入當年德國法蘭克福國際書展、比利時安特衛普國際書展，不僅給與會的五大洲各國詩人帶來一份驚喜，更是提升了中國當代詩歌的聲譽，促進國際詩歌界對中國當代詩歌的瞭解。

平心而論，通過這次全球範圍內的深入合作，成功地編譯出版《中國當代詩歌前浪》，我深深地體會到英國當代著名詩歌翻譯家霍布恩（Brian Holton）在英譯楊煉詩集《同心圓》時的一番感言：「要想提高漢英文學翻譯的品質，惟有依靠英漢本族語譯者之間的小範圍

合作。漢語不是我的母語，我永遠無法徹底理解漢語文本的微妙與深奧；反之，非英語本族語的譯者，要想將此類內涵豐富的文本翻譯成富有文學價值的英語，且達到維妙維肖的程度，絕非是一件容易的事。可一旦同心協力，何患不成？」

阿翔：作為一個人而生，作為一個詩人而寫作，這就是你最好的寫照。關於《喂》，也許，它留下的不僅僅是追憶，重要的是，它留下了沉甸甸的文本，它的使命就在於此，你同意嗎？

海岸：同意。《喂》創辦於上海民刊的斷檔期，填補了當時上海民間詩歌的空白。七期《喂》共刊出上海及全國各地三十多位先鋒詩人三百多首詩歌，極大地促進了上海先鋒詩歌的傳播。正如第五期《喂》（1990年夏）扉頁所示：「平靜之中，堅持的力量是無窮的，《喂》至少是一個象徵，對詩歌的形式、發展，更對我們這個時代或橫跨人類歷史的詩歌精神負起責任」。更令我欣慰的是《喂》的終刊之時，卻是我的詩歌融入血液、融入生命的伊始。

二、書寫詩行，延續有限的生命

阿翔：上海有限的詩人之間的交流情況如何？相信你應該有固定的寫作圈子，你怎麼看待圈子？它們對你的寫作有無

參照物的價值？

海岸：有「圈子」，當你的寫作處於上升期時，「圈子」的激勵是非常積極的，但隨之也要警惕它成為阻礙你發展的力量。

阿翔：你經歷過八十年代，你認為八十年代的詩歌狀態比現在輝煌嗎？為什麼？

海岸：是的，八十年代的詩歌比現在輝煌。八十年代是一個激情澎湃的年代，這一代詩人天生有一種與現實搏鬥的勇氣，夢想著要幹一番轟轟烈烈的事業，其詩歌寫作帶著一種與生俱來的使命感，喜歡探討一些有關人類命運、生存境遇等具有永恆意義的命題，關注與反思時代的變遷及其所帶來的一系列精神問題。這一代詩人身上有著旁人永遠無法理解的內心風暴，但這純粹是個人的、身體的，不斷地在混亂中尋求秩序。每個人寫作的背後都深藏著一顆悲哀的內心，雖然不知道內心的蒼涼從何而來，但確實如此真實地觸摸到內心的蒼涼。面對鐵打的現實、流水的人生，面對緊箍的體制與既定的秩序，這一代詩人有過不滿、懷疑、痛苦、失望與沮喪，毅然以詩為媒介對世界進行最全面地、最直接地介入與反抗，直至走向激憤與絕望。

阿翔：我在作家出版社出版的《海岸詩選》上見過你的照片，那張照片看上去健康、靈氣。後來去上海詩人默默家，

一看到你，彷彿是換了一個人，沒想到一場疾病改變了你的命運，在九十年代，我不知道你是如何挺過生命中的難關？你和外界幾乎失去了聯繫，能否談談你這些年的隱秘生活和寫作？

海岸：那僅是十年前的一張照片，要是你見過我二十年前的照片，肯定更為吃驚。往事不堪回首，二十年前的一場大病徹底改變了我的人生軌跡。那是1991年的寒冬臘月，在我即將赴海外讀博前夕，高血壓危象擊潰一顆年輕的心，脆弱的意志一時難以承受病魔對肉體和心靈的雙重打擊。我感到活著「是一種無可形容的痛」，「我想要是能握一下上帝的手／……永遠握住他的手／就此了卻塵世無奈愁」。但是，我慶幸自己遇到一位名醫將我從死亡線上救回，他不僅解除了我肉體上的痛苦，更是從心理上醫治我內心的創傷，更為重要的是詩歌，是療傷的詩歌撫慰我瀕臨崩潰的靈魂。

　　九十年代不僅僅是我一個人與外界失去了聯繫，眾多詩人因種種原因被迫或自願與外界失去聯繫。那也是一種歷史的必然，在我身上恰好是時代發展與個人命運的契合所致。那些年當疾病與死亡隨時遮蔽生命的天空，唯有詩歌化為一座跨越時空的橋樑，無論光明或黑暗、喜悅或悲傷、希望或絕望，成為我消解痛苦、淨化心靈的良藥，成為我回歸生命的源泉，從而激發我內在的勇氣去面對黑暗，並從黑暗中分離光明。那些年我堅持閉門寫作與翻譯，以語言符號為原點，在漢語和英語

的兩個世界裏自由地穿梭。

　　十年養病對於我的創作生涯影響極大，生病初期我深陷病痛的泥潭，日漸沉默，對周遭的世界愈感無望與悲哀，那段時期創作的詩行充斥無望的淒苦，不斷宣洩個人不幸的苦痛與焦慮，試圖求得內心的平衡。那十年我又能堅持不懈地修改《狄蘭・托馬斯詩選》與《塞繆爾・貝克特詩選》兩部譯稿，實際上另有隱情。我是要從狄蘭・托馬斯生死主題的詩篇中吸取戰勝疾病、戰勝死亡的力量。詩人狄蘭・托馬斯將生、慾、死看成一個循環的整體，生孕育著死，慾創造生命，死又重歸新生；他為生而歌，為創造生命的愛慾而歌，更為死亡而謳歌，等待死亡帶來新生。在他那首著名的詩篇〈死亡一統不了天下〉裏，死亡如同生命、愛慾一樣感人肺腑。「死亡一統不了天下。／死去的人赤身裸體／一定會與風中的人西沉的月融為一體；／骨頭被剔淨，白骨又流逝，／他們的肘旁和腳下一定會有星星；／儘管他們發瘋卻一定會清醒，／儘管他們沉落滄海卻一定會再次升起；／儘管情人會失去，愛卻一定會長存；／死亡一統不了天下」。

　　而詩人貝克特發自內心近乎絕望的呼喊，似乎表白了全人類的不幸；他的創作猶如人類祈求憐憫的樂曲，舒緩深沉，給受難者帶來仁慈的解脫和渴望安慰的滿足，他那淒如輓歌的語調更是迴響著對苦難靈魂的聲聲安慰。正是從貝克特的黑色悲觀主義裏我找到了生命的

力量所在，黑暗本身終將成為光明，最深的陰影又是光源所在。十年之後，也正是閱讀貝克特的作品昇華了我的思想、淨化了我的靈魂，我的內心漸趨平靜。我將貧瘠的孤寂化為創造性的孤獨，漸漸擺脫個人病痛的自我宣洩而令我的詩歌表達更具穿透力。在當代湮滅的精神世界裏，黑色悲觀主義飽含炙熱的同情和博大的愛心，擁抱著全人類，一種抵達痛苦頂峰之餘的絕望已經穿透劇變的極限，儘管人類的生存境遇是那麼的慘烈與荒謬，但希望的「戈多」依然可待，哪怕只是與世隔絕地坐在沙漠中無望地等待，任憑風沙淹沒他的寂寞，唯留一顆頭顱在曠野中苦苦地尋求。

阿翔：難怪閱讀你的詩歌作品，總有一種疼痛感和滄桑感。你曾說「我蔑視人世間的死亡／書寫詩行，延續有限的生命」，生活的經驗往往會對我們的寫作產生不可抗拒的影響。而語言多麼重要，它不斷地提醒我們在詩歌創作中尋找更合適的刀刃，我慶幸的是，你在學院工作，卻沒有染上學院派詩歌那種形式。我想聆聽你的看法。

海岸：我是一位游離於民間與學院內外的詩人／翻譯家，過去二十年因為酷愛詩歌，將大部分精力集中於詩人本身的修煉，專注於詩歌領域的翻譯與創作，而這方面的業績是很難在當今學院體制內得到承認，更兼本人的健康原因，我也難以兼顧體制內的一些考核標準，十年前被聘為副教授後就不存任何晉升的奢望，故而也少了些學院

派的程序化陋習，但絕不放棄學院派的嚴謹與求實。多年「上海詩歌前浪」詩群的創作經歷告訴我，詩歌的活力在民間，詩歌的語言來自民間。

阿翔：詩歌的敘述是必要的，你覺得你敘述的特點是什麼，你對詩歌在內容（詩意）和形式（語言）上是怎麼理解的？你怎樣認識自己的詩歌？

海岸：我必須先以91年為界將本人的詩歌分為兩個階段。91年前的作品屬於見習期創作，詩歌的敘述呈線性的脈絡，平鋪直敘，清晰明快，儘管89年前後的作品有所改變，複義的表述隱約可見。91年後詩風突變，詩行中意象密布，敘述急促多變，疾病的痛苦、人生的無常所夾雜的無法言說的悲哀，有時會促發一連串晦澀的囈語在紙面呈現。我的詩行在設法揉碎自己，碎裂成一片片美麗的廢墟；我的詩句正在碎裂，碎裂成一片片抽象的美麗。真可謂，語詞破碎處，無物存在，不泯的詩心劫後逢生。

在當今湮滅的精神世界裏，一切活著或死去的靈魂在高度發展的物質世界中游離，失卻其應有的和諧、高尚和精緻。每一個個體的存在，每一行詩句的變形，每一種藝術的演變，均顯得那麼彆扭、滑稽，那麼難以理喻。語言到達不了物質，到達不了復原外在世界的彼岸。當代詩歌語言偏離常規，摧毀其固有的程式，拉大名與實之間的距離，早已無法呈現萬物，危險的

159

語言既構成「真」，又構成「非真」，以一種遮蔽的方式叛離人類的精神，其隱藏的力量指向更為博大的否定，呈現出詞與物、在場與離場、自我與他者的本來面目。當代詩人心懷對語言的恐懼，放縱其紊亂的心境，穿過瘋狂、否定、虛空，力求抵達人與物的本真，明知詩之不可為卻為之，任其內在的意義生發轉換，相生相剋。總之，當代詩歌不再是一件事實的臨摹或一種思想的演繹。詩歌直接成為一種認識，直接化為一串語詞的秩序、一種語言藝術的效果。當代詩歌自外向內、自具象至抽象、自現實趨於超現實、自邏輯抵達非邏輯的徹底轉向，讓詩人更自覺地轉向對自身的凝視與洞察；一種非理性思維法則主導下的語言目光更趨於意指的多義性、模糊性乃至極致的無限性。詩意解構後的撒嬌、解嘲、反諷、自虐、物化直接抵達非我、非物的境地。

　　我的詩歌始於宣洩個人的苦痛與焦慮，卻渴求祥和與安寧，繼而從痛苦走向智慧與寧靜。我那近乎絕望的呼喊在表達個人不幸的同時，也渴望自身的創作能給眾多苦難的靈魂帶來一絲慰藉。誠然，文學、藝術與文化具有神奇的心理療傷作用，它們通過文字、繪畫、音樂媒介等，理解與關愛人類的苦難。突然有一天，我發現自己的寫作有如東方禪宗文化中的念咒，富有一種驅魔式的自我療傷效應。佛洛伊德認為，重複是一個人痛苦深重的表現，也是減輕內心痛苦的方法。我在詩行中一再重複設置疾病、死亡意象，只是為了驅散我內心病

魔的陰影。久而久之，我似乎步入了智慧的殿堂，開始
思考生命的價值，關注新世紀解構世界裏人類冷漠、異
化的生存狀態，並將之延伸至人類苦難的境遇。「我的
病痛是地球的病痛／許許多多的疾病是一種疾病／／我
創造鳥的語言去讚美人類／普渡生靈，讓幸福不斷進入
身體／／我掌握了一切感悟，一切痛苦／帶著獻身的微
笑，向著人類的深淵」（〈生活〉）。我渴望創作一部
療傷長詩，深入一個人的靈魂，撫慰內心的傷痛，在人
與人之間、族群與族群之間構建心靈溝通的橋樑。令我
欣喜的是近期臺灣一家出版社發來郵件，決定出版我這
部《輓歌──海岸首部療傷長詩》。

三、詩歌是一種自我療傷

阿翔：今日欣聞臺灣即將出版你的最新一本詩集，在此提前祝
　　　賀海岸兄了。記得「輓歌」原是你的一個組詩，我在
　　　《海岸詩選》首次讀到時，印象非常深刻：「第一滴血
　　　流自脈管的深處，淹沒另一種生存／淹沒季節，一切的
　　　始發與盡頭／第一聲呼喊反動著誠實的牙齒／而口舌相
　　　距甚遠，心更遠」。顯然你已擴成一部長詩，新詩集的
　　　副題很有意思──海岸首部療傷長詩，我想這很可能是
　　　現當代漢語詩壇的第一部療傷詩集吧。剛才你多次提及
　　　詩歌「療傷」概念，不妨請你深入地談一談吧。

海岸：為了更準確地表述，我們還是從「閱讀療法」、「詩歌
療法」聊起吧。「書猶藥也，善讀之可以醫愚」（劉
向）。其實，除了「醫愚」外，讀書還的確具有治病的
作用。閱讀療法以各種文獻為媒介，將閱讀看作是疾病
輔助治療的手段，患者通過學習、討論文獻資料達到自
我提高，治療因精神或情緒因素引發的心身疾病。現代
心身醫學認為，閱讀療法的作用就在於使讀者內心的衝
突外化，人的心理活動又使文學作品的情緒內容內化，
閱讀過程中的內外整合便產生了領悟，最終達到雙向調
節那些因為抑鬱、焦慮、恐懼等不良情緒引發的心身障
礙，影響人的認知行為及人格成長。

　　關於閱讀療法的治療機制，學者們較多的是從佛洛
伊德學派認同、淨化、領悟的角度加以闡述，認為患者
在閱讀過程中可有意或無意地獲得情感上的支持或認
同，並通過體驗作者設定情境中的恐懼悲傷，讓內心的
焦慮得以釋放，使情感得到淨化，最終獲得心靈上的領
悟。閱讀療法常用兩種手段是「對抗性治療」和「滿貫
或衝擊治療」。顧名思義，前者為患者推薦與其情緒相
反的圖書，例如悲傷與喜悅的對抗，以求達到逆轉患者
情緒的治療目的；而後者則是推薦比患者情緒更為極致
的圖書，例如為悲觀的人推薦比其自身遭遇更為悲慘，
或者情緒更為悲哀的圖書，實際上就讓人的不良情緒達
到一種習以為常和見慣不怪的程度，不良情緒就會自然
消失。而臨床實際操作並非完全如此，偏差依然存在，

適時適度尤為重要。

　　阿翔，不知你是否瞭解，北大學者王波先生曾聚十年心力研究閱讀療法，寫成堪稱中國閱讀療法領域的開山之作《閱讀療法》（2007）。這本書從各個角度囊括了當今世界幾乎所有的閱讀療法類型，一一加以歸納分析；同時還從中國浩淼的歷史文獻中搜集整理關於閱讀療法的理論和醫案，填補了中國閱讀療法史的空白。該書全方位瀏覽中國閱讀療法史，既談莊子的「得意忘言」，談杜詩的治病療傷；也聊明清李漁的閱讀見解，聊清代張潮的閱讀療法書方《書本草》，生動活潑，輕快舒暢。王波先生的研究告訴我們，今天我們已經毋須爭論閱讀療法到底有沒有功效，因為早在20世紀初，西方國家就已把對症導讀作為一種輔助治療手段加以科學研究並付之於臨床應用。如今我們需要探討的是該怎樣把握閱讀療法的特點和規律，使之更為有效，使更多的人因閱讀療法而受益。

　　更值得一提的是王波先生研究閱讀療法，似乎成了一種命運的安排，成了他向醫學表達敬畏和向重病父親盡孝心的一種方式。那些文章都是他與父親生命賽跑的產物，篇篇都是他挽留父親的無聲吶喊，裏面蘊含著他與父親的對話以及情感交流。原來作者所有嚴謹和執著的學術研究的動力都源自於他對生命的敬畏和對重病父親的愛！這樣用生命寫作的文字以及為生命而寫作的人如此熱烈地感染我的心。從這個意義上來說，《閱讀

療法》不只是對疾病、痛苦的治療，也是為療治生命的
虛無與絕望而作。我感悟到的更多的是生命的解脫與慰
藉，更多的是對時代精神、靈魂和信仰上的療治。因
此，閱讀療法的意義不只於生理與心理的層面，更延伸
至哲學與人生終極價值的層面。

阿翔：聽你這麼隆重的推薦，我一定得找來《閱讀治療》一書
　　　好好地讀一讀。

海岸：「詩歌療法」可以說是閱讀療法的一種，最早可追溯到
　　　薩滿教為個人或部落祈求幸福而唱詩的原始儀式。詩歌
　　　療法向患者推薦一些有不同情感色彩的詩歌，讓患者獨
　　　自閱讀、書寫表達或在心理醫生的指導下集體誦讀，
　　　通過娛樂、共鳴、淨化和領悟等作用，消除患者的不良
　　　情緒或心理障礙，在潛移默化中起到治療心身疾病的功
　　　效。王波先生在《閱讀療法》中就詩歌療法未作深入的
　　　闡述，但他介紹的義大利詩歌療法十分有趣。你很難想
　　　像在義大利的一些藥店裏，有些藥盒內裝的不是藥，而
　　　是詩歌。不少優秀的詩作被貼上不同療效的標籤，作為
　　　「保健品」或「藥品」出售。義大利現有十多家「詩藥
　　　有限公司」，出版具有不同療效的詩集，供患者對症選
　　　讀。據稱這種由心理學家及文學家共同設計選編的詩
　　　歌，其銷量甚為可觀。而日本的醫學家發現，吟詩猶如
　　　健身操，對失眠症、憂鬱症、精神分裂症等有較好的療
　　　效。日本由此出現了一股人數高達50萬人以上的吟詩熱

潮。日本學者對吟誦的方式也進行了深入的研究，採用個人、集體閱讀、領誦、合誦、低吟、高聲朗誦等多種不同的方式，治療相關類型的疾病，例如，高血壓患者的朗誦方式是低吟描寫自然風光的詩篇，哮喘患者的朗誦方式是拉長語調吟誦描寫高山流水的詩篇，中風後遺症患者的朗誦方式是高聲朗誦具有激情的詩篇等等。

中國是詩的古國，「詩歌療法」源遠流長。自古文壇就有「讀檄愈頭風，誦詩已癧疾」的說法，說白了就是吟詩能治病。宋代精通醫藥學的大詩人陸游，曾對一位患頭風向他求藥的老者說：「不必要求芎芷藥，吾詩讀罷自醒然」。閱讀詩歌比川芎白芷等除風定痛的藥品，更具醒腦寧神的療效。清代青城子的《志異續編》中記載一則醫案說：白岩朱公患氣痛，每當疾發時，取杜詩朗誦數首即止，說明閱讀詩歌更是治病療傷的好方法。不論是蘇東坡「大江東去」洋溢的豪邁，還是王維「人閑桂花落」散發的恬淡；置身於詩聖們描繪的詩情畫意中，品味詩人營造的曠達、恬淡和睿智，在音韻和語符的共鳴中，確實可以達到放鬆心身，抒情達志的目的。

哈爾濱工大人文學院學者呂偉紅先生在一篇公開發表的論文「詩的心理治療作用」中提出，詩歌的「空筐結構」可讓患者獲得二度創作的廣闊空間，從而達到詩歌療傷的功效。「空筐結構說」源自於數學的抽象。日常生活中存在許許多多具體事物的數字關係，如「二頭

牛加三頭牛等於五頭牛」。數學則將具體物象剝離，抽象為2+3=5的公式，這好比是說：「二隻空筐加三隻空筐等於五隻空筐」，在這空筐裏可隨意裝入世間萬物，運算依然成立。詩歌藝術的魅力就在於向人們提供了這樣一種空筐，「詩無達詁」，讀者可以將各自的人生經驗與理解盡情地填入，不斷豐富原作的內涵，這就是讀者對於詩歌作品的二度創作。詩作為一種高度凝練的空筐結構，是具有極大再生能力的情感空間場，高純度的詩歌意象大多是「非特指」語詞，方便患者填充與轉換。意象將心靈深處不可窮盡的思想意蘊用象徵之象表達出來，將心靈深處複雜多變的情感和思維引向極致，正所謂「心之意象，靈之轉換」。況且詩歌領域裏的「2+3」絕非簡單地等同於數學領域裏的「5」，患者盡可在詩意的空筐裏肆意體會感應與移情，在體驗、內化與認同的作用下完成二度創作所帶來的治療功效。

對了，阿翔，去年網上盛傳一篇福建師大王珂教授有關「詩歌治療」的演講稿非常精彩，收集的資料也十分翔實，你可否注意到？

阿翔：略知一二，具體還沒有認真地閱讀。請海岸兄繼續……
海岸：王珂教授指出，目前世界上許多國家都非常重視詩療，如美國的「讀詩、誦詩、寫詩」的三步療法，日本的吟詩療法等。美國心理學家、詩人、前國際詩療協會聯盟主席亞瑟‧勒內（Arthur Lerner， 1915-1998）是現代

詩歌療法的先驅。他在其代表作《詩歌在治療過程中的運用》中表述「詩歌在治療過程中是一種工具而非一種說教」，而在《韻律、無韻律、領會、起點》中認為人類最偉大的成就在於語言，而生活是一種「詩的解釋」。一個人的認知和無意識理解是由那些影響人成長和發展的語言、符號、隱喻和明喻構成，所有的文學樣式都可被看作是理解人類行為的主要來源。王珂教授再強調詩歌對心靈有淨化作用。他從生理大於心理、變態大於常態、詩療大於詩教、醫學大於文學、工具大於說教、治病大於防病等六個方面介紹了詩療的理論與方法。他所創導的詩歌療法主要用於心理危機的干預，尤其是突發事件中的心理干預。詩療中心任務是治療焦慮，最大目的是幫助患者重建自信。

　　無獨有偶，王珂教授對「詩歌療法」的研究及其推廣演講的動力原來也源自於對生命的敬畏和對重病妻子的愛！正是他將身心治療有機地結合，才創造出讓身患絕症的妻子死裏逃生的奇蹟。王珂、王波兩位學者竟然以同樣純學術的方式，如此熾熱地表達對親人的拳拳之愛，如此濃烈地參透生命的感悟，既實現了對夫妻之情的表達與書寫，實現了對父愛的緬懷和銘記，又實現了自我情感的慰藉和宣洩，求得內心的平靜，算是具有療傷作用的閱讀／詩歌療法的另一種別樣的案例！而我過去20年通過「翻譯式閱讀」狄蘭‧托馬斯（Dylan Thomas）與塞繆爾‧貝克特（Sammuel

Beckett）的詩歌作品而獲得自我療傷的結果，也許又是閱讀／詩歌療法的另一種別樣的案例吧。

阿翔：這些都是非常有意思的案例。說實在的，「閱讀／詩歌療法」是有一定的道理。以色列詩人耶胡達・阿米亥（Yehuda Amichai）不就說過：「詩歌是一種治療」。據說閱讀華茲華斯（William Wordsworth）、葉慈（William Butler Yeats）、白朗寧（Robert Browning）等抒情詩人的詩篇在化解病人的鬱結情緒方面就有特殊的功效。詩人海湼（Harry Heine）的「讚歌」、朗費羅（Longfellow）的「生之讚歌」均被貼上治療抑鬱症的標籤，濟慈的「睡去」被標上有治療失眠症的功效。

海岸：曾經有一種說法，詩人不過是一些隱蔽的心理障礙者，他們不斷地寫詩，就像強迫症患者不停地鎖門或不停地洗手，也是一種神經症行為。但是，兩者的根本區別在於有無提供創造性的產品，也就是說對社會有無積極的貢獻。佛洛伊德在《創作者與白日夢》中不就明確表示，一切藝術都是有精神病的性質，但藝術家不同於精神病患者，因為藝術家知道如何去尋找那條回去的路。即便「西爾維婭・普拉斯效應」也無法斷定在表達性的藝術領域，詩人——尤其是女詩人，最易患上精神疾病和走上自殺之路，只能說明她們是以一種扭曲、分裂的方式思考，以象徵、暗喻、古怪的意象、不連貫的句式表達斷裂、跳躍的思想，絕非暗示寫詩會導致天才詩人

產生精神疾病。佛洛伊德、榮格等精神分析學家都承認詩人是走在時代前列的人，因為在無意識被科學加以描述之前，詩人就已瞭解並會運用無意識了。他們承認詩歌發現了潛意識，承認詩人是利用一些特殊的心理衝突來滋養他人的。在這個意義上，詩人是不尋常的人，其情緒結構往往偏離「正常」，但是他們的才能和積極的貢獻使其有別於非生產性的神經症或精神病患者。導致詩人成為健康的，神經症患者成為病態的根本區別在於這兩類人應對和解決內心衝突的不同態度與途徑，前者是一種進取，而後者是一種逃避。所以，從這個意義上講，詩歌，與繪畫、音樂、舞蹈等表達性藝術一樣，是具有治療作用的，且更具有力量。

　　詩人也好，神經症患者也好，作為人的共性，難免有心理衝突，這是一種令人痛苦的人生煎熬。神經症患者一心想逃避這種痛苦，對外部現實與內心現狀一律採取視而不見的態度，失去了人生的真意和精神的成長。久而久之，症狀成了他們游離於真實生活之外的棲身之所。詩人也飽受內心痛苦的折磨，卻懷著虔誠的熱情去感受、咀嚼這種痛苦，且敢於對自己承認和向世人表現、傾訴這種痛苦。這本身就是對人生的思考，去思考而非迴避，則就有洞見的可能，則就有解決的路徑。即便是藝術成就不高或普通平凡的小詩，也同樣具有治療的作用，因為它起碼達成了與自身的交流。此外，詩的發生過程讓詩人與其痛苦產生了距離，使得詩人與其心

理衝突暫時擺脫了利害關係，使得詩人能以疏離的心態去把玩自身的痛苦，這就有了跳出自我的可能，也就有可能接近一個更高的層面去轉化與整合衝突的境界。再者，人性是永恆的，心理創傷的原型無非就以下幾種：分離、喪失、愛的缺乏、死亡恐懼等，這就使得詩人大大超越個人生活的領域，從一個人的精神和心靈出發，將其自身心理衝突的表現變為普遍性的東西，即詩人寫詩，憑藉對自身的思考實現了對人類的思考，獲得一種無比崇高神聖的心靈自由。

阿翔：這段闡述很精彩。但是，你是否深入思考過「閱讀／詩歌療法」與詩人創作之間的關係，或者說能給詩人的創作帶來何種啟示呢？

海岸：下面我暫且拋開閱讀療法，結合自身的創作，著重談一談主動式的「詩寫療法」。我在長詩「囈語」（8首）一節中實驗性地採用了「自主詩寫法」，即通過自發性表述自主開啟無意識的方法。此處「自主」的意思等同於「自動」，完全不用大腦去想就能在自主神經系統掌控下自動運行，十分適合宣洩那些難以訴諸於正常敘述的潛在情感，收發自如地放縱極度痛楚的心靈完成無法言說「囈語」，任憑積極自由的聯想在詩行中輕鬆地穿越理性與非理性的籬笆牆，最大限度地挖掘、拓展內心的意象，直至喚醒無意識的潛能，達到意象自發噴湧的景致，全面展露內心衝突的豐富映像，猶如現代音樂一

樣，詩的音韻節律可以順應非言語的身心呼吸，抽象化的詩句更便於探查與表達痛苦的經歷。「看見的飛翔是一種難以言表的秩序／季節尖銳著它們的影子／拋開結論　活力隨時生存下來／／群鳥的位置在於手心的批評／疲倦落在千里之外／雙目的手指摸過／黑暗中的流水／很早就有傳說　退路一條條／翅膀的飄舞歷經了顱骨所有的形式」（之三）。

　　生活給我們留下太多的記憶，那些被編碼儲存於細胞DNA、禁錮於無意識冰山下的記憶包含著太多的負面情緒——悲傷、困惑、焦慮、憤怒、恐慌、恐懼、愧疚、怨恨、自卑、無助、絕望；而無意識裏還存在一種機制，保護這些記憶不被治療，正所謂「人生中的一切苦難，皆由心生」，這就需要我們堅定信念，超越自我。現代心理分析學認為，由於內心深處矛盾衝突處於不同的意識層面，衝突的一方處於前意識狀態，另一方被潛抑作用禁錮在無意識狀態。這種衝突若不能自行解開，患者就會為心身疾病所苦，卻又不知道症狀產生的緣由。因此，若把無意識的心理過程轉變為有意識的心理過程，則有助於心身疾病的消解；無意識內容往往是意象性的，而非概念性的；無意識內容一旦被覺察，便以意象的象徵形式呈現給意識。而詩人能把各種情感體驗變成紛繁的意象，任其自發地表述，不失為一種打開無意識大門的密碼。葉慈說得多好，「與他人辯論時，我們需要修辭；與自己辯論時，我們書寫詩行」。若能

堅持這種積極自由聯想的練習，直到意識不再任意控制
想像與意象，反而能夠接受容納非理性、非邏輯，那就
意味著真正掌握了開啟無意識大門的密鑰，讓內心的苦
難充分地展現出來，讓自己看到平時所忽略的內心真實
面貌，讓內心深處的壓力得到盡情地釋放。詩寫過程中
無意識意象湧現的數量，隨之各種意象被充分體驗的程
度及其轉化的方式與結果，在某種層面上決定是否產生
更豐富的治療功效。誠然，詩歌對我而言是生命的一種
感悟，是我的一種生活方式，也是我作為詩人所選擇的
一種治癒之路。然而，掌握「自主詩寫法」並非易事，
濫用其法又將面臨心智耗竭的危險，還需謹慎合理使
用，在《輓歌》這部長詩中也僅見於「殤」（12首）與
「囈語」（8首）兩節中。

事實上，美國全國詩療協會（NAPT）非常注重
「詩寫療法」，挖掘患者原創詩作或詩歌讀後感此類
的書寫表達中所蘊藏的潛在價值，從患者以往的情感
與經歷中消除病因，以求恢復心身健康。2001年，在
「911」恐怖事件發生後，現成的詩篇已無法滿足讀
者的需要，美國NAPT在其網站上發起「詩寫療法」
倡議，由心理學醫生與病理學家策劃詩的主治功能和
格調，然後徵集包括倖存者在內的詩人作品，張貼在
協會網站上，最後出版了一本詩集《說不盡的傷悲》
（*Giving Sorrow Words*），作者中不乏國際著名詩
人Lawrence Ferlinghetti，Billy Collins，Ellen Bass，

Robert Bly，Lucille Clifton，Denise Levertov，Naomi Shihab Nye等。最終，這本詩集連同詩療手冊一起被發放到包括紐約、華盛頓特區、波士頓在內的各地心理創傷治療機構，收到驚人的效果。美國NAPT還辦有一份純學術性刊物《詩療學刊》，提供當今詩療研究最新的理論成果和實踐進展。這本詩療刊物注重發表詩歌語言藝術治療的原創性作品，兼顧閱讀／表達性藝術療法所涵蓋的各類文獻、書寫文本、敘事／抒情詩、回憶錄、故事腳本、設定的隱喻等方面的定性、定量研究，尤為強調詩療理論教育的推廣及臨床實踐的評估。

再舉一例，2010年瑞士羅氏制藥集團曾贊助出版了一本專題詩集《無糖詩歌》，從一次全球性的糖尿病患者詩歌大賽中精選了39首作品。詩集共分四個部分，完整地反映了糖尿病患者所要經歷的整個心路歷程。入選作者都是長期受到糖尿病困擾的患者。這本詩集觸動了糖尿病患者的心靈，記錄了他們日漸淤積的心聲，及時宣洩與反映了他們抱病生活所面臨的困惑、恐懼以及對康復懷有的點滴希望。藝術治療師Lee Ann Thill在詩集的序言中這樣寫道，「讀教科書或治療手冊讀不到這種慢性病對個人的影響，糖尿病因人而異，時刻困擾患者的生活，糖尿病患者時時刻刻都知道自己是在抱病生活。詩集也呈現了詩歌的表現力與感染力，語言凝練精緻、敘述別具一格，展示了人們共同的體驗和相同的領悟」。「自由？／真記不得／記不得何謂自由／自由自

在地吃東西／隨心所欲地吃東西／／需要？／我需要的是控制」（Amber Gerstung：自由）。「讀讀這些印刷的文字再瞧瞧我們的臉／我們都屬於不同的種族。／這個小偷來去無蹤，偷走了我們的健康，／我們的尊嚴卻像靈光閃現，／隨時出現在你的家門口／為你……你所愛的人以及其他許許多多人」（Debbie：家人手牽手）。看來患上了糖尿病，就要學會與病共存，這好像是在學習一門新的語言。《無糖詩歌》的確可以幫助我們理解這種約有3億糖尿病患者必須學會的語言，來完成認同、淨化、領悟的一整套心身治療過程。

在此，我想再次重申，閱讀／詩寫輔助治療的功效已是不爭的事實。閱讀／詩寫得法，能收到祛病療傷的奇效，尤其是針對抑鬱、焦慮、恐懼等心身障礙問題。回首過往20年與病魔抗爭的歲月，回望眾多不幸的病友悄然離逝，我一次又一次地回到抗爭的原點，心靈一次又一次地上路。我把整個殘存的靈魂都投入到《輓歌》的寫作中，就為了給自己尋找堅持下去的理由。庭院再深，天空更深邃；生死一瞬間，生死歷程更雋永。

四、其他

阿翔：你如何看待各類詩歌獎項？你認為近年來文學界哪個獎項最具或最缺乏公信力？

海岸：不關心。

阿翔：你如何看待詩和當代藝術之間的關係？除詩歌外，你還比較關注哪種藝術形式？

海岸：詩畫同源，如今有些已相互融合，如抽象詩畫。我比較關注繪畫。

阿翔：如何看待當代詩歌批評？你認為他們做的怎麼樣？對你的創作有影響嗎？

海岸：不關心，沒影響。

阿翔：你認為個人化的詩歌創作和媒體以及大眾審美習慣之間的關係需要調整嗎？如果需要，應該如何調整？

海岸：不需要調整。我相信水到渠成。

阿翔：你如何理解「自由」？

海岸：按自己的意願去表達，去生活。

阿翔：你平時一般看哪些書？你認為閱讀對寫作重要嗎？

海岸：看的書比較雜，文學藝術、哲學美學、語言學、翻譯理論之類等等。閱讀對於個人的寫作，猶如旅行之於生活，十分重要。讀萬卷書，行萬里路！

阿翔：關於當代詩歌的現狀，我想聽聽你的一點見解，可以嗎？

海岸：當然可以。21世紀初商業主義的塵埃正毫不費力地將詩歌逼入無人理會的境地，主流意識形態和經濟活動的優先權巧妙地合縱連橫，大眾媒介的商業化操作所誘導的拜金主義和消費主義潮流彼此呼應，一種尖銳的「疼痛」所引發的幻覺彌漫包括詩歌界在內的整個中國精神領域。幾乎所有的詩人都不約而同地以不同方式表達了這種痛楚的經驗。在至今堅持獨立寫作的中國詩人那裏，我們在一種難以想像的環境中寫作，即以堂·吉訶德式的反抗去擊退現實，去抗衡商品經濟大潮下社會價值觀的崩潰。

　　然而，資訊現代化的進程卻讓中國詩人快速步入全球一體化的世界，步入了誰都可以通過一根光纜獲得話語表達的網路時代。高科技的網路技術為中國詩歌的發展提供了新的契機，網路空間具備的廣域覆蓋性、傳播的迅捷性，以及網頁資訊強大的數位複製功能、數據跨界多向鏈結功能等，為包括詩歌在內的所有文學形式提供了潛力無限的機遇；傳統的詩歌被電子文本所激活，在網路的虛擬空間肆意地狂歡。

　　此時此刻，任何一位真正嚴肅的詩人，更需要追問詩寫表達的意義，需要考慮如何在保持言說激情的同時，保持一份思想上的冷靜，以免過度誇大自己的立場；我們絕不放棄「思想者」的角色，更不應該放棄「反抗者」的身份介入公共空間；但是，任何過早過急地尋求表達，特別在表達本身還沒有獲得足夠的思想支

撐之前，結果很容易走到思想的反面。從本質上來說，我們每一個堅持寫作並獨立思考的人都是孤獨的，我們試圖穿越漫漫長夜，尋找屬於自己的那一份光明。我們曾是一群在黑暗中默默尋找的先鋒，因為無法忍受孤獨而走到一起，但也不僅僅是為了尋求彼此的慰藉，這也就注定我們只能在黑暗中長期而無休止地追尋。

阿翔：最後，你現在在忙什麼？能說說一天你是如何度過的嗎？
海岸：忙於整理以往的一些有關詩歌創作、翻譯、活動的文字。昨天整理出一個目錄，考慮出版一本與詩歌相關的文論隨筆集。

（2012年3月1日）

輓歌
——海岸首部療傷長詩

後記

　　幾片葉子從空中飄落，又是一個不寧的季節，落葉又在經歷一次生命的轉換。親愛的讀者，如此相似的轉換我已經歷了兩三回。我曾依賴血透機整整生存了一年，相隔七年又曾兩次接受生死的考驗。二十年前的一場大病徹底改變了我人生的軌跡，二十年前的那場冬雪永生難忘，刺骨的寒意直達我的內心，揮不去，抹不盡，時隱時現。那是1991年的寒冬臘月，高血壓危象擊潰一顆年輕的心，脆弱的意志一時難以承受病魔對肉體和心靈的雙重打擊。我感到「活著真可怕，活著／是一種無可形容的痛」；「我把自己扔在世上／彷彿是一株等待移植的枝椏」，所有的溫暖與濕潤離別我的身心。我感到「完了」，人生似乎已到了盡頭。但是，我慶幸自己遇到了一位名醫──上海華山醫院的林善琰教授。他妙手回春，控制病情的發展，將我從死亡線上救回。他不僅解除了我肉體上的痛苦，更是從心理上醫治我內心的創傷。他那時的一席話：「小李，你沒完。你還有很長一段路可走，還有許多事可做……」重燃我生命的火花，讓我順利地渡過了人生中一段最黑暗的時光，並一直激勵著我堅強地走到現在。林教授，我謝謝您！二十年後的今天，我慶幸自己還活著，有一份自己喜歡的工作，還有一個幸福完整的家。感恩之餘，我要向公眾大聲地說，健康如今並非是我人生唯一的理想。

回首過去二十年的心路歷程，「當疾病與死亡隨時遮蔽生命的天空，唯有詩歌化為一座跨越時空的橋樑，無論光明或黑暗、喜悅或悲傷、希望或絕望，成為我消解痛苦、淨化心靈的良藥，成為我回歸生命的源泉，從而激發我內在的勇氣去面對黑暗，並從黑暗中分離光明」。而在創作這部長詩的初期，我那近乎絕望的呼喊僅在宣洩個人不幸的苦痛與焦慮。我在詩行中一再設置重複的意象，意在渴求祥和與安寧，藉此來驅散死亡的陰影。突然有一天，我發現自己的寫作有如東方禪宗文化中的念咒，富有一種驅魔式的自我療傷效應，能給苦難的靈魂帶來一絲慰藉。久而久之，我似乎步入了智慧的殿堂，我開始思考生命的價值，關注新世紀解構世界裏人類冷漠、異化的生存狀態，並將之延伸至人類苦難的境遇。我渴望創作一部療傷長詩。它能深入一個人的靈魂，撫慰內心的傷痛，在人與人之間、族群與族群之間構建心靈溝通的橋樑。

寫作之餘，我也曾為自身及群體的生存意義感到過困惑與迷茫。患病的生命是該儘早地結束還是該不斷地挑戰疾病，超越死亡？顯而易見，多數人會選擇後者。可挑戰死亡，延續生命的意義何在呢？「疾病帶給人生一段錯誤的時光，完成一段錯誤的使命。錯誤的生命該不該再有它錯誤的進程？抑或錯誤的生命是否該儘早地結束錯誤？不，生命的存在就是一種健康的存在，一種價值的體現」。一個人活著就有他生存的權利。生命是一個人生存的本體所在，神聖所在，永恆所在。況且，我們這一群體生存的意義，不僅僅在於展示現代科學發展的神奇和人類的進步，而是要體現人類頑強生存的意志，體現人類抗爭苦難、超越死亡的

精神。「我的病痛是地球的病痛／許許多多的疾病是一種疾病／／我創造鳥的語言去讚美人類／普渡生靈，讓幸福不斷進入身體／／我掌握了一切感悟，一切痛苦／帶著獻身的微笑，向著人類的深淵」。「讓死去的死去／生長的仍然生長」，讓所有活著的人更加珍惜生命、熱愛生命；讓所有活著的人感到生活更美好，生命更有意義。

　　「雖然疾病和苦難改變了我的生活，脆弱和死亡隨時威脅著我的生存，我已無法改變這一現實，卻要挑戰所能改變的一切。我活著就應隨時調整失衡的心態，調整與疾病抗爭的方式和抗爭的時機。我要將苦難和危機化為人生不斷進取的動力。只要我堅持，不可逆轉的疾病就主宰不了我的人生旅程。只要我堅持，再堅持，任何困難與挫折都無法擊潰我的心靈，因為我經歷了太多的苦難，因為我體會了太多的不幸」。此刻，我的內心十分敞亮，與疾病抗爭的生命歷程帶給我這非常人所能擁有的財富。

　　最後，我要感謝復旦大學中文系教授、大陸著名文學評論家王宏圖先生的大力支持，感謝他在繁忙的寫作教學之餘欣然為本書作序。其次，我要感謝臺灣秀威出版社的鼎立幫助，感謝黃姣潔女士精心的策劃與編輯，使得本書在臺灣順利出版。再者，我要感謝所有志同道合的詩人朋友的熱情鼓勵，尤其感謝詩友伊沙先生為這部長詩的出版所做的努力。此時此刻，我特別要感謝我的妻子二十年來為我所做的一切。如果沒有她的無私奉獻，很難想像我的生命能夠堅持到今天。我為有一位善良的妻子和可愛的女兒而感到驕傲。我祈望天下所有的病友都有一位善良體貼的妻子和一個完整和睦的家庭。「心火不熄，生命之火不滅」，願人

間的真情永存，愛心永駐！

海岸

復旦大學楓林園

2011年11月30日

讀詩人26　PG0845

 輓歌
　　——海岸首部療傷長詩

作　　者	海　岸
責任編輯	黃姣潔
圖文排版	郭雅雯
封面設計	王嵩賀

出版策劃　　釀出版
製作發行　　秀威資訊科技股份有限公司
　　　　　　114 台北市內湖區瑞光路76巷65號1樓
　　　　　　電話：+886-2-2796-3638　傳真：+886-2-2796-1377
　　　　　　服務信箱：service@showwe.com.tw
　　　　　　http://www.showwe.com.tw
郵政劃撥　　19563868　戶名：秀威資訊科技股份有限公司
展售門市　　國家書店【松江門市】
　　　　　　104 台北市中山區松江路209號1樓
　　　　　　電話：+886-2-2518-0207　傳真：+886-2-2518-0778
網路訂購　　秀威網路書店：http://www.bodbooks.com.tw
　　　　　　國家網路書店：http://www.govbooks.com.tw
法律顧問　　毛國樑　律師
總 經 銷　　聯合發行股份有限公司
　　　　　　231新北市新店區寶橋路235巷6弄6號4F
　　　　　　電話：+886-2-2917-8022　傳真：+886-2-2915-6275

出版日期　　2012年11月　BOD一版
定　　價　　220元

Printed in Taiwan

國家圖書館出版品預行編目

輓歌：海岸首部療傷長詩 / 海岸著. -- 一版. -- 臺北市：
    釀出版, 2012.11
        面；　公分. -- (讀詩人；26)
        BOD版
        ISBN 978-986-5976-80-4 (平裝)

851.487   101019814

讀者回函卡

感謝您購買本書，為提升服務品質，請填妥以下資料，將讀者回函卡直接寄回或傳真本公司，收到您的寶貴意見後，我們會收藏記錄及檢討，謝謝！
如您需要了解本公司最新出版書目、購書優惠或企劃活動，歡迎您上網查詢或下載相關資料：http:// www.showwe.com.tw

您購買的書名：_____

出生日期：_____年_____月_____日

學歷：□高中 (含) 以下　　□大專　　□研究所 (含) 以上

職業：□製造業　□金融業　□資訊業　□軍警　□傳播業　□自由業
　　　□服務業　□公務員　□教職　　□學生　□家管　　□其它_____

購書地點：□網路書店　□實體書店　□書展　□郵購　□贈閱　□其他

您從何得知本書的消息？

　□網路書店　□實體書店　□網路搜尋　□電子報　□書訊　□雜誌

　□傳播媒體　□親友推薦　□網站推薦　□部落格　□其他_____

您對本書的評價：(請填代號　1.非常滿意　2.滿意　3.尚可　4.再改進)

　封面設計____　版面編排____　內容____　文／譯筆____　價格____

讀完書後您覺得：

　□很有收穫　□有收穫　□收穫不多　□沒收穫

對我們的建議：_____

_____

_____

_____

11466
台北市內湖區瑞光路 76 巷 65 號 1 樓

秀威資訊科技股份有限公司　　　收

BOD 數位出版事業部

....

（請沿線對折寄回，謝謝！）

姓　　名：＿＿＿＿＿＿＿＿＿　年齡：＿＿＿＿　性別：□女　□男

郵遞區號：□□□□□

地　　址：＿＿＿＿＿＿＿＿＿＿＿＿＿＿＿＿＿＿＿＿

聯絡電話：(日)＿＿＿＿＿＿＿＿＿　(夜)＿＿＿＿＿＿＿＿＿

E-mail：＿＿＿＿＿＿＿＿＿＿＿＿＿＿＿＿＿＿＿＿